転生したけど0《ゼロ》レベル

TENSEI SHITAKEDO OLEVEL

〜チートがもらえなかったちびっ子は、それでも頑張ります〜

1

著 杉田もあい
画 高瀬コウ

CONTENTS

TENSEI SHITAKEDO 0LEVEL

プロローグ

人生ってものはなんでこんな、ままならないものなのかねぇ。

俺の名は、久瀬《くぜ》明《あきら》。どこにでもいるような普通の高校生だ。

いや、普通じゃないか。

子供の頃から入退院を繰り返し、せっかく入学できた高校にも進級できる出席日数ギリギリしか登校できないほどの病弱なのだから。

でも普通の高校生らしいところもあったんだよ。

ライトノベルやまんがが、それにゲームが大好きないわゆるオタク男子で、その中でも特にハマっていたのがＭＭＯＲＰＧのドラゴン＆マジック・オンライン。

子供の頃から病弱で体を動かす事があまりできなかったから、ゲームの中とは言え剣を振り回したり派手な魔法を放ったりして冒険できるのがとても楽しかったんだよね。

ただ入退院を繰り返していたからそれほど多くの時間をさけたわけではなく、どちらかというと病院でライトノベルを読んだり、テレビを見て過ごす事が多かったんだ。

その中でもよく見ていたのは、情報番組である「オヒルナンデスヨ」。

お昼の番組なのに、芸人や人気アイドルが多く出演していたからよく見ていたんだよね。

おかげで普通の男子高校生が知っているような事はあまり知らないのに、料理の知識やら旅先でできる物作り体験から来る知識ばかり覚えてしまったけど。

この体がもう少し丈夫だったら、もっと大好きなゲームをしたり旅行に行ってテレビの中で見たいろいろなものを実際に体験できたのかもしれないなぁ。

でもその願いは、結局かなえられる事は無かったんだ。

なぜなら俺が18歳の誕生日をもうすぐ迎えるというある日、いつもの病室で息を引き取ったから。

これが俺の好きなライトノベルの主人公たちならきっと、トラックにひかれたとか通り魔に刺されたなんていうドラマチックな死を迎えたと思うよ。

でも残念ながらそうじゃない。

ただ単に小さい頃から入退院を繰り返していたこの弱い体が限界を迎えた、ただそれだけだった。

そして本当ならそこがすべての終わり。

俺という存在はそこできれいさっぱり消えてなくなるはずだった。

いや、存在自体は消えたのか。

ただ俺という人間が生きていたという事実だけはなぜか、ここではない別の場所に残されることになったんだ。

あれは2日ほど前のこと。

4歳の誕生日を迎えた僕は、生まれて初めて魔物の死体を見たんだ。

これは僕が生まれたこの村の慣わしのようなもので、魔物が住む森の近くで生まれた子供は男女問わず大人になると魔物退治に駆り出されることになる。

だから4歳になったらすぐに魔物の解体を見せて、その肉をみんなで食べるんだ。

そうする事で魔物は食料であり狩りの対象であると認識させるとともに、決して怖い存在ではないと子供たちに教え込むんだって。

そして僕も他の子たちと同じように、4歳の誕生日に小さなツノの生えた魔物の死体を見せられたんだ。

ただ、僕は一つだけ他の子と違うところがあった。

それはそのウサギの魔物を見た瞬間にそれがホーンラビットと言う魔物であり、レベルは1～2程度でゲームを始めたばかりのプレイヤーが最初に狩る獲物の一種であると認識したこと。

と同時に僕、ルディーンは俺、久瀬明の記憶を取り戻すことになる。

18歳の誕生日を迎えることなく死んだ事と、それまでに唯一の楽しみであったネットゲーム、ドラゴン＆マジック・オンラインのことを。

1 えっ、転生したのに?

僕が転生者っていうのだって気付いてから、いろんなことを思い出したんだ。

なんて言ったらいいのかなぁ。すっごく短い間に前の世界の僕がどんな人だったのかを書いた本を全部いっぺんに読んじゃったって言うのかな、うんそんな感じ。

本当に経験したわけじゃないのにそれを知っているという変な感覚にちょっと混乱、でもそれ以上に僕は興奮していたんだよね。だってその記憶の中には、もしできたらいいなぁって思えることがいっぱいあったんだもん。

その中でも僕がまず一番最初にやってみたのがこれ。

「すていたしゅ、おーぷん！」

いや、声に出さなくてもできるんだろうけど、そこは勢いで。

だってさ、僕が本当に転生者っていうのだったらチート能力があるはずでしょ。前の世界で読んでた、ほとんどのラノベ主人公がそうだったからきっとそう！

ってことで前の僕の記憶が頭の中に入ってきた時に理解した方法で、僕はそれを確かめる為に自分のステータスをどきどきしながら開いたんだよ。

ルディーン
Ｌｖ０
ジョブ
サブジョブ
一般職

ＨＰ	‥	3
ＭＰ	‥	20
筋力	‥	1
知力	‥	4
敏捷	‥	2
信仰	‥	3
体力	‥	1
精神力	‥	4
物理攻撃力	‥	1
攻撃魔力	‥	1
治癒魔力	‥	1

……０レベルってなんだよ。おまけになに？　このやたらと低いステータスは。

全部一桁前半じゃないか。

その上ジョブはなし。サブジョブも当然なし、鍛冶などの一般職までなしって。


いやいや落ち着け、僕はまだ４歳になったばかり。

だからステータスが低いのだろうし、一度も魔物と戦ったことがないのだから経験値は当然０。

ならレベルが０でもおかしくはないいんじゃないかなぁ？

そう、ジョブや一般職は大人になるまでにきっとつくんだよ。

うん、そうに違いない。

それより大事なのはスキルだ。

経験値倍化とか魔法攻撃力上昇とか、転生者なんだからそんなチートスキルがきっとあるはず！

そう考えた僕は、わくわくしながらスキルのページに切り替える。

……何も書かれていないんだけど。もしかしてこれ、スキルを何も持っていないってこと？

ねぇちょっと待ってよ、ステータス一桁前半でチートスキルも無いってなんなの!?

こんな状態で転生って僕、前世でなんか悪いことでもしたっけ？

いやまだだ、まだ慌てる時間じゃない。

もう一度ステータス画面を見てみよう、一つだけ他のより多いものがあるじゃないか。

ＭＰだ、ＭＰだけは20と唯一の二桁を記録している。

もしかするとこれが僕のチート能力で、最終的にはこの世界最強の魔法使いになれると言うことなんじゃないのかな？

そう考えてもう一度ステータスをみれば知力と精神力が4と他よりも高くって、治癒魔法に関係しそうな信仰も3とかろうじて他より高いもん。

そうだ、間違いない！　これが僕のチート能力なんだ。


……なんて考えていた頃もありました。

この後、村人やうちのお父さんやお母さんたち大人のステータスを調べたんだけど、そしたらステータスはみんな二桁。ＭＰも少ない人は一桁だけど、多い人は50を超えてたんだよね。

近所の子たちのステータスを調べると僕と殆ど変わらない子ばかりで、僕より少し大きい子の中にはＭＰが20を超える子までいたんだ。

どうやら僕にはチート能力はないようです。がっかりだよ。

これを知って僕は数日間落ち込み、両親やお兄ちゃん、お姉ちゃんたちに心配をかける事になっちゃったんだ。


そのまま何日か落ち込んでから、僕は何とか立ち直ったんだ。

そうだよ。僕はただの村人Ａとして生まれただけで、優しい家族の元、お金持ちではないけど生活には何の不自由もしない程度に幸せに暮らしてるもん。

だからチートスキルが無いのなんて、別に落ち込むような事じゃないんだって気が付いたからね。

立ち直ったところで、僕は新たな試みに手を出すことにしたんだ。それは魔法を使うということ。

4歳までの知識で、この世界には魔法があることを僕は知っているんだよ。

ただ、魔法の呪文がどんなものか知らなかったし、どうやったら魔法が使えるのかも解らなかったから今までは使ってみようなんて考えもしなかったんだ。

でも今は違う。前の世界の僕の記憶の中に魔法の使い方と呪文があったからね。

どうやら魔法と言うのは体の中にある魔力を体の中に循環させて、それから呪文を唱えることによって発動するらしい。

でね、このMPを体に循環させると言うのは、前世の記憶が戻ったと同時にやり方を理解したから問題なく出来るんだよ。だから後は呪文を唱えれば魔法が放てるはずなんだ。

というわけで、僕はいつものように外に遊びに行く振りをして、普段は人があまり来ない村の資材置き場に移動。そこに置かれていた薪を1本立て、それを目標に魔法を使ってみる事にしたんだ。

僕の攻撃魔力は1だから、きちんと発動したところでたいした威力はないだろうけど、それでも初めての魔法なんだから胸の中はどきどきわくわくだ。

「よし、いくぞぉ」

落ち着く為に一度大きく深呼吸をしてから、体に魔力を循環させる。

初めてだから少し時間はかかったけど、無事準備が出来たので手の平を目標である薪に向けて。

「まじっくみちゃいりゅ！」

何も起こらない……うーん、大魔道士への道程は長いみたいだ。

「えへへっ、しっぱいしちゃった」

よく考えてみたら僕、まだ4歳だから難しい言葉はうまく話せないもん。

だからこんな長い呪文を正確に発音できるはずがなかったんだ。

魔法が発動しなかったのは別に僕が魔法を使えないからじゃなくて呪文をうまく唱えられなかったからだとすると、もっと簡単な呪文ならうまく発動するはずだよね。

となると、魔法使い系じゃなく神官系の魔法だけど1レベルでも使える治癒魔法、キュアがいいんじゃないかな？　僕がまだうまくしゃべれないサ行も入っていないし。

魔法使い系には同じくサ行が入っていないライトがあるけど、外は明るいから成功したとしてもはっきり解るほどピカって光るか解らないよね？　でもキュアなら2～3日前にすりむいた膝がカサブタになっているから、これに向かってかければ結果も一目瞭然だからね。

と言う訳で、改めて魔力を体に循環させる。そして手の平を傷に向けて。

「きゅや！」

ふぅ。

いけない、いけない、つい力が入りすぎちゃった。

とにかく同じ失敗を繰り返さない為にも、魔力を循環させる前にまずは数回呪文の練習をしよう。

「きゅや！　きゅや！　きゅぅ～あ、あっ、いまのはちゃんといえた！　そうか、ゆっくりいえばいいのか」

それから何度かゆっくりとキュアと発音し、今度こそMPを循環させる。そして、

「きゅあ」

力ある言葉を口にすると、体に循環していたMPが光となって傷口に集まっていく。そしてその光が消えた後、カサブタがぽろっと取れてその下から傷が消えてきれいになったが皮膚が現れたんだ。

「やった！　まほうがつかえた！」

ふっふっふ、大魔道士への道は険しいかもしれないけど、大神官への道は案外近いのかもしれない。何せ4歳でキュアを使いこなす天才治癒士がたった今、誕生したのだから。

とまぁ少し調子に乗ってはみたものの、本気でこんなことを考えているわけじゃないよ。

何せ僕の治癒魔力は1だからなぁ。

もしかしたらカサブタの下の傷はもう殆ど治っていて、魔法をかけた時に取れたのは偶然かもしれないもん。

だから僕は本当に魔法が発動したのか、確認することにしたんだ。

「うう、いたいのはこあいけど、しかたないよね」

近くにある薪の中で、ささくれ立っている物を探してそこから適当な長さの尖った木片を手に入れた。そしてその木片の先端を人差し指にあてる。

「いたっ！」

人差し指からぷくっと丸い血が。

それを見て涙が出て来そうになったけど、そこはぐっと我慢してその怪我に向かって魔法をかけたんだ。

「きゅあ」

すると先程と同じ様に光が指先に集まり、丸い血ごと小さな傷を消し去った。

やった！　ちゃんと怪我が治った！　僕は正真正銘魔法使いになれたんだ！

そう思うとうれしくて堪らなくなって僕は走り出したんだよ。

ただそこはまだ4歳、いきなり走り出したもんだから何かにつまずいて派手に転んじゃって、ちゃんと手はついたから顔を怪我する事は無かったけど、右の手の平をすりむいちゃったんだ。

じわりと染み出す血と傷の痛みに目から涙がこぼれる。でも大丈夫だ、僕は治癒魔道士になったのだから。

声をあげて泣き出しそうになるのを必死に我慢して、傷口に向かって。

「きゅあ」

すると先程のように傷口に魔法の光が集まる。

ところが今回はさっきのよりも怪我が酷いからなのか、血は止まったものの痛みは取れない。

「なおんないよぉ、いたいよぉ」

治癒魔法をかけたにもかかわらず怪我が治らなかったのを見て、さっき我慢した涙が目からぼろぼろと流れ出す。でも声をあげて泣くのはまだだ。

僕はもう一度魔法をかける。

「きゅあ」

すると魔法の光がもう一度傷に集まり、ほんの少しだけ痛みが引いた。

だから僕はもう一度。

「きゅあ」

今度も少しだけ痛みが引いた。そう、効かない治癒魔法でも何度もかければ徐々に傷は治って行くはずなんだ。

ゲームの中でも受けた大ダメージは、一度の治癒魔法では無理でも何度もかければ全快した。

だから、同じ魔法を使っている以上、何度もかければいつかは全快するはずなんだ。

そう考えてもう一度キュアをかけたんだけど。

「あれ？　はつどうしない。きゅあ！　きゅあ！　きゅうあ！」

いくら呪文を唱えても魔法が発動する事は無かった。それどころか魔力が循環している気配も無い。そこで僕はある事に気付き、ステータスを開いたんだ。

すると。

「えむぴぃが0だ」

魔法を使えばMPが減るのは当然。そしてキュアに必要なMPは確か4ポイントだったはず。

最大が20の僕が5回使えばMPが0になるのは当たり前だよね。

ならどうしたらいいか？　MPを回復させればいいんだ。

「げーむとおなじなら」

僕はその場に座ると、そのまま目を閉じたんだ。

ドラゴン&マジック・オンラインではね、ＭＰは何もしなくとも時間と共に回復するんだよ。

でもＭＰ回復速度アップのスキルやその効果がついた装備をつけていないと、その回復速度はかなり緩やかだったんだよね。

だけど、そのＭＰ回復の速度を速める方法がないわけじゃない。

その中でも一番手っ取り早いのはベッドで寝る事。

そうすれば画面が一瞬暗くなって次の瞬間にはＭＰが全快していたんだ。

多分この世界でも実際に寝ればＭＰは回復すると思う。でも今はその手は使えないから、もう一つの手を使うべきだよね。

そのもう一つの手と言うのはその場で座り、じっとして動かないと言うものなんだよ。ドラゴン&マジック・オンラインでは、こうするとかなりの速さでＭＰが回復して行ったんだ。

ここはゲームの中ではないけれど、もしかしたらこれが適用されるかもしれないもん。そこに望みをかけて僕は痛む右の手の平を押さえながら、じっとＭＰが回復するのを待った。

4歳の体には痛みに耐えながらじっとしていると言うのはかなりきつかったけど、僕は頑張った。

どれくらい経っただろう?　1分だろうか?　それとも30秒くらいだろうか?　とにかく1回分でも回復したかと思ってステータスを見てみるとＭＰの数値が5に戻っていたんだ。

「やった!　きゅあ」

だから喜び勇んで魔法の言葉を発したんだけど。

「あれ、なんで？」

魔法が発動しない。

どうして？　ちゃんと発音したよね。

堪えきれずに溢れてくる涙をぼろぼろと流しながらも、僕は考えた。そしてある結論にたどり着く。

「まりょくをじゅんかんさせないと。まほうはじゅもんだけじゃつかえないんだ」

そう、一刻も早くこの痛みから逃れたかった僕は、そんな当たり前の事すら頭から抜けていたんだ。

そして今度こそちゃんと魔力を体に循環させてキュアを発動。するとさっきまであんなに痛かった手の平がまったく痛まなくなったから、慌てて自分の右の手の平を見てみると。

「きずがきえてる。なおったんだ！」

4回、今の僕の治癒魔力では4回もかけないと転んで出来た擦り傷でさえ治す事ができなかった。でも、逆に言えば4回かければ4歳の僕でも怪我を治す事ができるんだ。

「まほうってすごい！」

僕はこの瞬間、まほうの魅力に取り付かれちゃったんだ。

この日を境に、僕の日常に魔法の練習と言うものが加わった。と言うのも。

「すりきず、なおりきらなかったのは、すてえたちゅとかまほうすきゆがたらないからなんだりょうなぁ」

転んでできた傷が治らなかった理由を考えたら、どう考えてもそうだとしか思えなかったからなんだ。

ならばどうしたらステータスは成長するのかなんだけど、これがゲームなら簡単だよね。そう、レベルを上げればいい。でもこの世界はゲームじゃないし、何より4歳の子供がレベル上げなんかできるはずがないんだよね。だから僕、別の方法を考えてみたんだ。

村の人たちを見ると大人たちは戦士や狩人のジョブを持っているんだけど、同じレベルの人でもステータスが大きく違ったんだよね。体が大きかったり筋肉質の人は筋力や体力の数値が高く、やせている人は低かったんだ。

と言う事は体を鍛えればステータスが変化すると言う事なんじゃないかなぁ？　なら魔力を上げるにはどうしたらいいか？

「まほうをいっぱいつかえばいいんじゃないかな？」

筋肉は使えば使うほど強くなるよね。なら魔力も使えば使うほど強くなるんじゃないかと考えたんだ。

前の世界で読んでいた魔法学園物のラノベだって魔力は反復練習で伸びるって書いていたし、きっとそう！　僕はそう信じて毎日少しずつではあるけど、こつこつと魔法を使い続けたんだ。

それから何日かたって。

「ルディーンのおかげで、指先の荒れが治って助かるわ」

「俺も剣の練習で潰れたマメの痛みをとってくれるおかげで助かるよ。偉いぞ、ルディーン」

「えへへっ」

ヒルダ姉ちゃんとディック兄ちゃんに褒められて、僕は得意満面だ。

魔法の練習を日課にし始めたとは言え、毎日怪我をする訳にはいかないよね。だって痛いの、やだもん。

と言うわけで僕は自分の怪我ではなく、家族の怪我や肌荒れを日常的に回復することによってキュアの練習をしていたんだ。


僕の家族構成は両親と姉、兄、兄、姉、姉、僕の六人兄弟で、僕はその末っ子。

お父さんの名前はハンスでお母さんの名前はシーラ、二人ともジョブ持ちで、お父さんは13レベルの戦士を、お母さんは11レベルの狩人をそれぞれ取得しているんだ。

と言うのも僕が住んでいるのはアトルナジア帝国と言う国にあるグランリルっていう村なんだけど、そこの住人は魔物が住む森が近くにあると言う土地柄、誰もがなにかしらの身を守るすべを身につけているんだ。

それでこの村の男性は剣と楯を持って前に出る人が多く、女性は後ろから弓を射るという人が多いんだけど、うちの両親は特に奇抜なことを好む性格をしているわけではないから、ごく普通に剣や弓の練習をしているうちにこのジョブを手に入れたんだと思うんだ。

次に兄弟たちだけど、名前は上からヒルダ、ディック、テオドル、レーア、キャリーナで、歳は15歳、13歳、12歳、9歳、7歳だ。

このうちキャリーナ姉ちゃん以外は武器の練習を始めているんだけど、ジョブを持っているのはヒルダ姉ちゃんだけ。

ディック兄ちゃんとテオドル兄ちゃんは一般職として見習い剣士を身につけているけど、まだジョブを持つまでになってないんだよね。これはきっと経験値がジョブとしての戦士を得るまでには達していないからなんだと思うんだ。

レーア姉ちゃんは一般職もまだ何もついていないから、これもまだそこまでの域に達していないという事なんだろうけど、村にいるほかの9歳くらいの子供たちも一般職を持っていないから、他の人から極端に遅れているという訳ではないと思うよ。

因みにヒルダ姉ちゃんのジョブはなんと6レベルの戦士だったりする。その上サブジョブまで持っていて、そちらは2レベルの狩人だ。

この村ではサブジョブまで持っている人は数人しかいないのに、15歳で二つのジョブを持っているヒルダ姉ちゃんは多分天才なんじゃないかなぁって僕は思ってるんだよ。

おまけに弟の僕から見ても美人さんだから、きっと凄い旦那さんを見つけて将来は幸せになるんじゃないかな？　いや、もしかしたら街へ出て冒険者になったりするのかも。そうだったらちょっと寂しいなぁ。


さて、実は僕が練習している魔法はキュアだけじゃないんだよ。

朝起きた時と夕方、そして夜寝る前の3回、ＭＰが無くなるまでライトの練習をしてるんだよね。

これは僕のステータスが信仰より知力の方が高いから、どっちかって言うと神官より魔法使いの方が向いているんじゃないかって思ったから。それなら治癒魔法ばっかりじゃなく、魔法使いが使う魔法も一緒に練習した方が絶対いいよね。

……別に攻撃魔法の方が治癒魔法よりかっこいいから魔法使いになりたいわけじゃないぞ、ホントだぞ。

因みにライトの魔法だけど、ちゃんと発動はするんだよ。でも何でか知らないけど、あんまり光らないんだ。

僕はいつも指先にかけるんだけど、発動したライトの光は小さなろうそくの光よりちょっと暗い程度。

だから普通のろうそくくらいの明るさにしようと思うと片手の指、５本全部にかけないといけないんだよね。

それにね、弱くなってるのはそれだけじゃなくって、本当なら1時間くらいついているはずなのに20分もすると消えちゃうんだよね。それなのに使うＭＰは普通と同じ3ポイントなんだから嫌になっちゃう。

でもこれだっていつかは明るさも持続時間も延びると信じて毎日繰り返してるんだ。だって続けていれば何か変わるかもしれないけど、やらなければ何も変わらないもん。努力したら絶対うまく行くなんて事は無いけど努力しないで成功する人もいないから、僕、絶対続けた方がいいと思うんだ。

後、魔法の上達に関してはもう一つやっていることがあるんだよ。意外に思えるかもしれないけど、それはお勉強なんだよね。

ドラゴン&マジック・オンラインでは知力と精神力が高ければ攻撃魔力が上がり、信仰と精神力が高ければ治癒魔力が上がった。で、この内信仰と精神力はどうやって鍛えるのか解らないけど、知力はたぶん勉強をすれば上がるはずなんだ。

幸いグランリルの村は近くにある都市へ魔物の素材を売りに行くからか、簡単な計算ができる人や文字が読める人も多いでしょ。

おかげで先生役には困らないんだよ。

それに村の集会所にある図書館には母国語であるアトルナジア帝国語で書かれた本や外国の言葉を覚えるための教材まであるもん。

一人で勉強するにしてもその為の資料には事欠かないんだ。

流石に外国の言葉までは手が回らないけど、そのおかげで僕は勉強を始めてたった数週間で母国語であるアトルナジア帝国語だけは少しずつ読めるようになったんだよ。

だって帝国語ってローマ字みたいに母音と子音にあたる文字が合わさってできてるんだもん。

アルファベットを覚えるように決まった数の文字さえ覚えてしまえば、ある程度は読めるようになるんだよね。

そして文字が解れば、今度は図書館に幾つかある冒険者のお話とか昔の英雄のお話が書かれた本を読むことができるようになるでしょ。

前の世界ではファンタジー系のゲームやラノベが好きだった僕は、次第にその物語たちに夢中になっていったんだ。

そしたら当然図書館に入り浸るようになる訳で。

「ルディーン君は小さいのに偉いねぇ。もう本が読めるようになったのかい?」

「うん! ぼく、ぼうけんのおはなしをよむのがだいすきなんだ」

あまりによく図書館に顔を出すものだから、管理をしている司書さんとはすっかり顔なじみになったんだ。でもそのおかげで僕が好きそうな本を街に行く度に仕入れてはどんどん紹介してくれるもんだから、ちょっとの間にかなりの数の本を僕は読んじゃったんだよ。

そしたらさ、読んでいるうちに自然と文字になれてきて、今度は書く事もできるようになっちゃったんだよね。だから僕は4歳児なのにもう母国語の読み書きができるようになった、天才少年みたいに周りからは思われてるみたいなんだ。

ほんとは前の僕がローマ字を知っていたからすぐに覚えちゃっただけで、特別頭がいいわけではないんだけどね。

あと前の記憶があるおかげで計算技術も４歳児にしてはありえないほど高いんだけど、これに関してはは周りに隠している。だって習ってもいない計算が足し算や引き算だけじゃなくって、もっと難しい因数分解ってのまでできるなんて事がばれたら流石におかしいと思われちゃうもん。

実際問題、街ではなく村で生まれた僕としては足したり引いたりができればそれで十分なんだからそれ以上の計算知識があっても意味はないんだし、この事はずっとナイショにすると思う。もし商会の子と結婚でもしたら話は別だろうけどね。

いや、魔法があるおかげで前の世界にあった科学ってのはあまり進まないだろうから、たとえどんな状況になっても掛け算や割り算以上は使わないかも。

なんて事だ、また一つチートになりそうな僕の取り得が、自分の考えによってつぶされちゃった。

ほんと、なんで転生したのに僕にはチート能力がないんだろう？　普通はあるよね。

神様、もしかして付けるの忘れてたとか？　なら今からでも構いません、何か下さい！

それからずっと神様に毎日祈っても、チート能力はもらえませんでした。

うん、解っていたよ。だって後付けでチート能力を手に入れるのって、物語でももう一回死に掛けるとかそもそも転生したのが魔物だったとかくらいで、神様に祈ったらもらえたのなんて一個も無かったもん。

だから僕はまた違った方向からアプローチする事にした。と言うか能力ではない、もう一つのチートを思い出したんだ。

それは知識チート。

前の僕は病気だったけど17歳までは生きていたから、元の世界の知識をある程度覚えてるんだ。

それを使えば勇者にはなれなくてもお金持ちにはなれるんじゃないかなって思ったんだよ。

よぉ～し前世の知識で出世して、お父さんとお母さんを楽させてあげるぞ！　僕はふんすと力を入れて自分に何ができるのか考えたんだ。

まずは、よくラノベ主人公が最初に手を付ける内政チートだ。

……まだ4歳の僕が、それも貴族や王族でもないただの村人の子が内政に口を出せるはずないじゃないか。

いきなりこうしたら経済が回るとか言い出しても、周りからしたら優しい笑顔でよく考えたね、偉いねって褒められて終わる未来しか想像できないよ。

と言う訳で内政チートはやめ。

じゃあ次に農業チート。うん、これだったら行けそうだよね。

グランリルの村は魔物の狩りが盛んで、その素材によってよその村よりもお金を稼いでるけど農業も当然やっていて、主に作っているのは麦とお芋、各種野菜に後は何故かクローバーっていう草。

最後のクローバーは鶏とかの餌用なのかな？　よく解んないけどうちの村では一つの畑で4種類の作物を作っていて、収穫したら耕して次の種をまき、育ったら収穫して次の種をまくという流れで違う作物を次々に作っているんだって。

でも僕はラノベを読んでいたから知っているぞ、この手の世界では肥料をまくという事がされていないから、それを教えるだけで収穫量が増えるって事を。

だから僕がそれを教えてヒーローになるんだ！　なんて事を考えて畑を耕しているお父さんの元へと向かったんだ。

そしたらさ、そこではお父さんが耕した畑に、なんか白い粉をお母さんが撒いてたんだ。

「ねぇ、おかあさん。はたけになにまいてるの？」

「あらルディーン、こんなところに来るなんて珍しいわね。これはねぇ、石灰を撒いているのよ」

石灰？　石灰ってあの運動場に線を引くあれだよね。そんなものを畑にまいてどうするんだろう？　もしかして肥料の代わりだったりするのかな。

「せっかいってのをまくと、どうなるの？」

「畑はね、ルディーンたちがご飯を食べるのと同じで、種をまく前に動物や魔物の糞とわらを混ぜておいたものをご飯の代わりに土と混ぜておくと作物がよく育つの。だけど、それだけだと栄養が偏ってしまうのよ。ルディーンも、お肉ばかりじゃなくてお野菜も食べないと大きくなれないのは知っているでしょ。肥料がお肉なら、この石灰はお野菜なのよ」

えっ！　お野菜って水と肥料だけじゃダメで、別の栄養がないとうまく育たないの？　僕、全然知らなかった。

「そうだぞ、ルディーン。あと空から降ってくる雨も肥料と同じ酸性だから、それを中和するアルカリ性の石灰を撒いてやらないといけないんだ」

「あなた。ルディーンに酸性とかアルカリ性とか話しても、まだ理解できないわよ」

「あっと、それもそうか」

そう言えば前の世界にあったテレビってので、畑の土は弱アルカリ性がいいっていってたっけ。

何が農業チートだよ、この世界の住人のほうがよく知ってるじゃないか。

と言う訳で、知識に続いてこれもダメ。でもまだだよ。うん、まだ終わってない。

そう、究極の知識チート、料理があるじゃないか。

おいしいものがいっぱいあった日本っていうとこで育った記憶がある僕は、色々な料理やお菓子を知っているんだよね。だからこの知識があればきっと今度こそヒーローになれるはずだ。

そう思って、何かいいもの、無かったかなぁって考えてみる。

前の僕がよく読んでたラノベによく出てきた料理って言ったらやっぱりカレーだよね。って事は、カレーを作る事ができればお金持ちになれるはずなんだ。

「そういえば、かれーって、なにでできてるんだっけ？」

でも材料が解らなければ作れるはずがない。

それに前の世界での僕は病弱で入退院を繰り返していたくらいだから、みんなが一度はやった事があるって言うキャンプのカレー作りさえ参加した事がないんだよね。

まぁ、もし作った事があったとしてもその時はカレールーを使って作ったはずだから、材料から全部作るなんて事、できるはずないんだけど。

「こうしんりょが、いっぱいはいってりゅことくらいはぼくだってしってるけど、なにがはいってるかはまったくわかんないんだよなぁ」

とりあえず唐辛子が入ってることだけは間違いない。

あとターメリックだったかな？　カレーが黄色いのはこれのせいだと言うのを聞いたことがあるんだよね。でも知ってるのはこれだけだ。そしてその入っているものだけど、

「たーめりくって、どんなかたちしてるんだろ？」

そう。そもそも名前が書かれてないと、お店で売っているものを見かけたとしてもそれがターメリックであることが解らないのだからなんともならないんだよなぁ。

「かれーはむりだね」

うん。どう考えても無理なものはあきらめるに限る。

では次だ。次によく見かけるのはチョコレート。

これに関してはカカオの実の収穫風景をテレビってので見たことがあるから僕は知っている。

だからお店で見つける事ができればすぐに解るはずだ。

と、ここで一つ大きな問題が。

「かかおをどうしたらちょこになるんだろ？　まめをどうにかすればいいというのはしってるんだけど」

それ以前にカカオ豆ってどんな形なんだろう？　よく考えたら色も知らないぞ。

チョコレートってカカオ豆から作られるって話だから、もしかしてお店でもカカオ豆のままで売ってるんじゃないかなぁ？

ああ、僕は何故生前それを調べておかなかったのだろうか？　いや無理だよね、転生するなんて想像もしてなかったんだから。と言う訳で、チョコレート作りもやっぱりダメだったんだ。

あっ、でもこれに関してはもしかしたらお店で名前が書いてあるかもしれないから、とりあえず今はやめとくって事でいいんじゃないかな。売っていたらその時こそチョコレート無双だ！　作り方は解らないけど。

と、ここまでは失敗してばかりだけど、最後の一つは違う。

中毒性ってのがある調味料で、これまたラノベでもよく登場する食材。そして僕が作り方を知っていると言う好条件が三つもそろった大本命！　マヨネーズだ。

前の世界でもマヨラーっていう人たちが居たくらい美味しい調味料で、肉にも野菜にも合うから作れれば絶対に受けるはず。

それに作り方もそんなに難しくはないから、もしこの世界にあるのならグランリルみたいなお金があって街に近い村だったら一度くらいご飯に出てきてもいいはずだもん。きっとまだ誰も作った事がないはずだ。

という訳で作り方をおさらいしよう。って言ってもそれ程難しくはないんだよね。

卵の黄身に酢を入れて、その後お水とお塩をちょっとだけ入れる。そしてそれに植物油をちょこっとずつ入れながら泡だて器でとろってするまでかき混ぜてやればできちゃうんだもん。

ねっ、簡単でしょ。

という訳で僕は、材料がこの村でも集められるかを調べて回ることにしたんだ。

まずは卵。これは森でたまに取れるものや街から仕入れてくるものがあるから、値段は高いかもしれないけど手に入るだろう。

次に酢。これも日本にあったような酢はないけど、ワインビネガーはうちにもあるからそれでも大丈夫だと思うんだ。

水と塩。これもある。と言うか無かったら生きていけないから当たり前だよね。

後は油だけど、これも料理に毎日使っているからある……と思っていた僕は何も知らない子供だった。

「油？　そこにあるでしょ」

「えっ、これがあぶら？」

夜、お母さんが料理をしている時に聞いてみたんだけど、そしたらそこにあるでしょって言われたものを見てびっくり。だってそこにあったのはその日仕入れた動物の脂身だったんだもん。

「そうよ、それで熱した鉄板に油を引いてお肉を焼いたり、鍋に少量の水と一緒に入れて煮ることで油を一杯出してルディーンの好きな芋揚げを作ったりするのよ」

「そっか、どうぶつのあぶらがあったっけ」

毎日森に入って動物や魔物を狩っているこの村では、わざわざ植物油を使う必要がないのかもしれない。そう言えばこの村では菜花もゴマも栽培していなかったっけ、と言う事はもしかして。

「おかあさん、しょくぶつのあぶらはないの？」

「植物の油？　植物に油はないでしょ」

菜花もゴマも無いのなら油を搾っているはずないよね。そして動物性の脂は冷えると固まるからマヨネーズを作る事ができない。

この瞬間、僕の知識チートの夢は完全に絶たれたんだ。

2 まさかこれが僕のチート能力？

それはある日の夕方、いつものように兄弟たちの剣の練習でできたマメや弓の練習で荒れた指先をキュアで治療していた時の事。

その様子をトレードマークの三つ編みを揺らし、首をかしげながら不思議そうに見ていたキャリーナ姉ちゃんがいきなりこんな事を言ってきたんだ。

「ルディーン、わたしにもまほう、できるかな？」

それを聞いた家族はみんなびっくり。だってまさか我が家から僕以外に魔法に興味を持つ子が現れるなんて誰も思っていなかったからね。

というのも肉体派ばかりのこの村では、ちまちま勉強をして魔法が使えるようになるよりも剣を振るって体を鍛える方がいいと言う人ばかりだもん。

僕が魔法を使ってても、今まで誰もやってみるっていわなかったからね。

そういえばこの村で魔法を使えるのって、教会にいるおじいちゃん司祭様と僕くらいだっけ。

人口が五百人ちょっとの小さな村とは言え、そう考えるとちょっと少なすぎなんじゃない？　大人はみんな前衛系のジョブ持ちだから解らないでもないけど、子供たちは図書館に教材もそろっているんだから何人かは興味を持ってもおかしくないと思うんだけど。

「ねぇ、ルディーン。どうなの？　わたしもできるの？」

あっと、考え事をしているうちにお姉ちゃんが痺れを切らしたらしく、僕の手を取ってブンブンと振り回し始めちゃった。

「わぁ、おねえちゃん、まって！　こたえるから、まってってば」

こてん。

7歳児の力で振り回されたら小さな僕の体なんて川に落ちた木の葉のようなもの。手の動きに合わせて体ごと振り回されて、ついに転がってしまった。

「わっ！　ルディーン、だいじょうぶ？　って、わぁ」

そんな僕を見てキャリーナ姉ちゃんが慌てて助け起こそうと腕を引っ張ったんだけど、お姉ちゃんの力じゃ転がった僕の体を支える事ができなかったらしくて、バランスを崩し。

ごちん。

そのまま僕の方へ倒れこんできて頭と頭がぶつかっちゃったんだ。

「いたい……ぐすっ……うわぁーん」

「わぁーん」

この後は二人して泣き声の大合唱。その声を聞いて慌てて飛んできたお父さんたちになだめられて僕たちが泣き止んだのは、それからしばらく経ってからの事だった。

「ごめんね、ルディーン。いたかった?」

夕ご飯の時、隣の席に座ったキャリーナ姉ちゃんが僕の額をちっちゃな手でなでながら謝ってくれたんだよ。

「へいきだよ、おねえちゃん。ぼく、おとこのこだもん」

だからお姉ちゃんに、僕はにっこりと笑ってそうお返事をしたんだ。

その様子を見て、その割には泣いていたじゃないか、なんて突っ込むような人はうちの家族にはいない。

夕ご飯を囲みながら、みんな笑顔で下の姉弟二人の仲直りの様子を見守ってくれてたんだ。

「よかった！　それでねぇ、わたしにもまほう、できるとおもう?」

どうだろう?　そう思って、僕はとりあえずお姉ちゃんのステータスを確認してみた。

キャリーナ
Lv0
ジョブ
サブジョブ
一般職
HP　‥　8
MP　‥　16

筋力　……　7
知力　……　8
敏捷　……　8
信仰　……　6
体力　……　6
精神力　……　9
物理攻撃力　……　3
攻撃魔力　……　3
治癒魔力　……　2

ＭＰは僕より低いけど、他のステータスは軒並み僕より上だ。

攻撃魔力も治癒魔力もちゃんとあるし、数値が下の僕が使えるんだからキャリーナ姉ちゃんでも使えるんじゃないかな？

「やってみないとわかんないけど、たぶんだいじょうぶだとおもうよ。ぼくでもできたし」

「ほんと？　やったぁ！」

両手をあげて喜ぶお姉ちゃん、その顔は笑顔でいっぱいだ。

「ならさ、ならさ、ルディーン。わたしにまほう、おしえてくれる？」

「いいよ！　いっしょに、れんしゅうしよ」

そんな笑顔に釣られて、僕もニコニコしながらそう答えた。

「はいはい、二人とも。姉弟仲がいいのはいい事だけど、ちゃんとご飯も食べないとダメよ。大きくならないと魔法もうまくならないわよ」

「「はぁーい」」

そんな僕たちのやり取りを見ていたお母さんが、話が一段落ついたのを確認して注意を入れてくる。

そう言えば今は夕ご飯の時間だったっけ。

お母さんの言う通り、ちゃんと食べて大きくならないとステータスも伸びないだろうから、好き嫌い無くしっかり食べないとね。

「ところでキャリーナ。何故いきなり魔法を使いたいなんて思ったんだ？　前はそんな事言ってなかっただろ」

「だってわたし、まだけんのおけいこしちゃだめだから、おてつだいがおわったあとはひまなんだもん」

お父さんの質問にキャリーナお姉ちゃんは、手に持ったスプーンを振り上げながらそう答えたんだよ。そしたらそれを聞いて、ああなるほどと納得顔のお父さん。

「来年になればキャリーナも練習を始められるけど、それまではなぁ」

そう、来年になればキャリーナ姉ちゃんも8歳になる。

そうすれば武器の練習が解禁されるんだ。

他の村は知らないけど、僕の住むグランリルの村は8歳になるまでは剣や弓の練習を規則で禁じられているんだよね。これは棒っきれを持ってのチャンバラごっこでさえやってはダメと言う厳しいものなんだけど、それにはちゃんと理由があるんだ。

普通の動物と違って魔物の皮はとても硬くて剣の刃をきちっと立てて斬らないと傷つけるどころか弾かれてしまったり、最悪剣のほうが折れてしまったりする事があるんだって。

そうならない為にも基礎はきちっと固めなきゃいけないいんだ。

でも小さな子は重くて鉄の剣は持てないでしょ。

だからといって木の剣で練習すると、本物の剣で練習を始めた時に重さの違いから刃筋がぶれてしまって、かえって剣技の習得に支障をきたすことがあるんだって。

将来は絶対に魔物と戦う事になるこの村の住人にとって、それはまさに生きるか死ぬかに直接かかわってくることだもん。

そんな訳で金属製のショートソードを振る事ができるようになる8歳になるまでは、決して狩りの真似事はしてはいけないって決められてるんだってさ。

◆

次の日のお昼過ぎ。

いつものお手伝いを終えたあと、僕とキャリーナ姉ちゃんは魔法の練習をしても周りに迷惑のかからない場所と言う事で資材置き場に来ていた。ここなら滅多に人は来ないから、いくら失敗しても恥ずかしくないからね。

「ねぇねぇルディーン、なんのまほうのれんしゅうするの？　わたし、おけがをなおすやつがいいなぁ」

「だめだよ。ぼくもおねえちゃんもけがしてないもん。きゅあのれんしゅうだと、さきにけがしないといけないんだよ」

傷がないとキュアをかけても効果が出ないから、成功したかどうか解らないんだよね。

「おけがをするのはいたいからやだ。べつのがいい！」

「そうだね。だからあかりをつけうまほうにしよ？」

流石にキャリーナ姉ちゃんも痛い思いはしたくないから別の魔法でもいいと言ってくれたので、僕は自分が使えるもう一つの魔法、ライトにしようって言ったんだよ。

本当は僕と違ってお姉ちゃんは攻撃魔力が3もあるし、言葉も難しいものじゃなければちゃんと話せるからマジックミサイルとかを教えた方がいいのかもしれないけど、見本を見せてって言われた時にうまく呪文が言えないから使えないって言うのは恥ずかしいから、僕はお口にチャックする事にしたんだ。

「あかりをつけるの？」

「そうだよ。ほら、こういうまほう。らいと」

魔力を循環させて呪文を唱えると、僕の指先がいつものようにぼぉっと光を放った。

「わぁ、ほんとうにひかってる！　すごぉい」

キャリーナ姉ちゃんは初めて見る魔法の光に大興奮だ。

僕の手を取って指先を顔の前まで持っていって、色々な方向から眺めながらきゃっきゃと笑っている。

そして。

「ルディーン、わたしもゆび、ひからせたい！　はやくまほうおしえて」

「うん、いいよ。まずはね、まりょくおね、からだのぜんたいにひろがうようにすうんだよ」

僕はいつもやっている魔法の準備の仕方をお姉ちゃんに教えたんだよ。

でも僕の話を聞いたキャリーナ姉ちゃんは不思議そうに小首をかしげただけで、何時までたっても魔力の循環を始めようとしなかったんだ。

「……？　ルディーン、まりょくってなあに？」

「え？　まりょくはまりょくだよ？　からだのなかにあう、ふしぎなちから」

「わたし、ふしぎなちからなんてないよ？　ルディーン、もしかしてそのふしぎなちからがないとまほう、つかえないの？」

さっきまで笑顔だったキャリーナ姉ちゃんの顔がどんどん曇って行く。

このまま放って置いたらすぐに泣き出しそうだったから、僕は慌てて違うよって教えてあげたんだ。

「だいじょうぶ、おねえちゃんにもふしぎなちからはあうよ。まほうのほんにも、まりょくはだれにだってあうってかいてあったもん！」

「ほんと？　ほんとにわたしにもある？」

「うん！　としょかんにあったまほうのほんだもん、かいたのはきっとえらいひとだから、ぜったいだよ！」

「えへへ、そっかぁ。えらいひとがうそをかくはず、ないもんね」

偉い人が書いたという言葉を聞いて安心したのか、キャリーナ姉ちゃんはまだ涙目ながらも笑顔を取り戻してくれた。うん、これで一安心だね。

でもなぁ、魔力ってどう教えたらいいんだろう？　僕は初めからできたからどうやって教えたらいいか解らないや。

……はっ！　初めから魔力の操作ができるのって特別なことなんじゃ？　ということはもしかして。

「ぼくのちーとすきうって、まりょくそうちゃ？」

そんなぁ、図書館の本には練習すれば誰にだって出来るみたいなこと書いてあったじゃん。

神様、チート能力をくれるなら、もっと凄いのにしてよぉ！

魔力操作の仕方だけど、さっきまでのやり取りの中で、僕はある事に気が付いたんだ。

そうだよ、解らないなら調べればいいんじゃないか！

「キャリーナねえちゃん、としょかんいこ！」

「なんで？　わたしルディーンとちがって、ごほん、よめないよ？」

変わり者の僕と違って、村の子たちは街へ行くようになって必要になるまで文字を覚えようとしない。

そしてそんな上を見て育った子が、小さい頃から文字を覚えるなんて事は当然ないわけで。

僕んちも最年長のヒルダ姉ちゃんが少しだけ読めるくらいで他は全員まったく字が読めないんだ。

「としょかんにあるえらいひとがかいたまほうのほんに、まりょくのつかいかたがかいてあうの。ぼくはすぐできたからよくおぼえてないけど、ねえちゃんのれんしうのしかた、よめばわかうはずだよ」

「そっか！　えらいひとのほんがあったね」

僕の場合、初めから魔力を循環させる事ができたから魔法の書かれた本を読んだ時も魔力操作のページは飛ばして、その後の色々な魔法について書かれているページを読んだんだ。

だから具体的にどう練習するかは知らないけど、練習の仕方が載っているという事だけはわざわざ飛ばしたくらいだから当然知っていたんだよね。

「だから、いこ！」

「うん！」

僕たちは二人で手をつないで集会所にある図書館へと向かった。

「こんにちわ！」

「おっ、ルディーン君。また本を読みに来たのか？　ん、今日はキャリーナちゃんも一緒なのか、珍しいな」

　僕とお姉ちゃんが図書館に入ると司書のおじさんがいつものように迎え入れてくれて、それから司書テーブルの横にある箱の中を何やらごそごそと探し始めた。

　それはおじさんが新しく本を仕入れた時に常連が来ると必ずやるしぐさであり、僕の前でやり始めたと言う事は、出てくるのはまず間違いなく冒険のお話の本だ。

「そうだ丁度よかった、前からお前が読みたがっていた勇者の本がやっと手に入ったぞ。読むだろ?」

「わぁ、ゆうちゃのものがたり、かえたの?　だいにんきでかえないっていってたのに」

　この世界には昔、勇者と言われる人がいたらしくて、その人のお話は本になったり演劇になったりしているそうなんだよ。

　それはどっちも大人気で、特に本は何種類も出ているのに、この世界の本はみんな手書きだから数が無くって、お金があっても簡単に買えるものじゃないんだって。

　司書のおじさんはね、僕が冒険のお話が大好きだからって、もし街に行った時に勇者の本が偶然入荷していたら必ず買ってきてくれるって前から約束をしてくれていたんだよ。

　でも今まではいつも売り切れで買えなかったんだ。

　それがついに入荷した!　と言う事で当然すぐにでも読みたいんだけど。

「きょうはいい。おねちゃんとまほうのごほんをよみにきたんだから」

「そうなのか?　それじゃあ今日はお預けだな。でもまぁ、この村で文字が読める子供はお前だけだし、この本は子供向けだから大人は借りてまで読まないだろう。また今度時間がある時にでも読むといいよ。面白いぞぉ」

「うん、たのしみ！」

図書館に入荷した以上いつでも読めるんだし、楽しみは後に取っておくとしよう。

「ルディーン、いいの？」

「うん！　おねえちゃんがまほうできるようになれば、いっしょにれんしゅうできうもん。そのほうがだいじだよ」

そう言うと僕はお姉ちゃんの手を取って、魔法の本が並んでいる場所へと移動したんだ。

本棚は5段くらいになっていて高いところにある本は司書のおじさんに頼まないと取る事ができないけど、魔法の本を読むのなんてこの村では僕とおじいちゃん司祭様くらいだもん。

その中でも入門書は司祭様は読まないから一番下の棚に並んでて僕でも簡単に取る事ができた。

「おねえちゃん、つくえでよも」

「うん」

そしてその本を持って椅子とテーブルが並んでいる場所へ移動。僕は椅子によじ登ると、テーブルの上に本を置いて、ページを開いた。

「まりょくのつかいかたは……あった！」

それは結構なページを割いて書かれていた。と言う事はそれだけ難しいと言う事なんだろうね。

「へぇ、ひとりでおぼえようとすうと、たいへんなんだね」

「たいへんなの？　ルディーン、やっぱりわたしじゃできない？」

「だいじょうぶ！　おしえうひとがいたら、かんたんみたい」

そう、この魔力を循環させる方法と言うのは一人でやろうとするととても難しいけど、誰か教えてくれる人がいれば結構簡単に身に付けることが出来るみたいなんだ。

と言うのも、一人でやる場合は魔力がどんなものか解らないから、それを認識するところから始めないといけないんだけど、それが大人でもけっこう難しいみたい。

普段意識していないものだから、人によっては何年かかっても魔力を体の中に感じる事ができない人もいるんだって。

そういう人は大きな街ならお金を払えば教えてくれるところがあるから、行って教えを請いましょうって本には書いてあった。

「そうなんだ。ならルディーンがいるからだいじょうぶだね」

「うん、ぼくにまかせて！」

そう言って胸を叩いた後、僕は魔法の本を読んでいく。

「えっと、まずは……それから……うん、わかった」

「わかったの？　ならはやく、はやく」

僕の様子を見て我慢しきれないのか、体をゆすりながらせかすキャリーナ姉ちゃん。

そんなお姉ちゃんを一旦僕はなだめてから、今読んだ事を実践してみる。

魔力操作を覚えるのにはまず魔力がどんなものか教えなければいけないんだけど、それは実際に体験させてみるのが一番なんだって。

その為にはまず教える役である僕は右の手の平に魔力を集めた。

「おねえちゃん、おててにぎうね」

「うん、いいよ」

お姉ちゃんの左手をその右手で握り、もう片方の手も同じように握った。

「ルディーンのこっちのおてて、あったかい。なんで？」

「まりょくだよ。これおぼくがうごかしておねえちゃんのなか、とおすね」

そう言うと、僕はゆっくりと右手の魔力をキャリーナ姉ちゃんの左手に移して行く。

そしてそれを更に動かして体の中を通し、僕の左手へ。その左手に戻った魔力を更に僕の体を通して、またお姉ちゃんの体へと戻した。要は手をつないで、そこを循環させた訳だ。

「なんだこれ？　おもしろぉい」

「これがまりょくだよ。おなじものがおねえちゃんのなかにもあうこと、わかう？」

「ん～、なんとなく」

キャリーナ姉ちゃんは目を瞑って小首を傾げた後、自分の中に同じようなものがあることを認識して頷いた。

うん、なんとなくでもそれが解ればもう大丈夫。後はそれを動かせるようになればいいだけだから。

「なら、こっちのおててにそのまりょく、あつめられう？」

「う～ん、わかんないけど、やってみる」

キャリーナ姉ちゃんは、うんうん言いながら右手に魔力の移動を試みる。

するとかなりゆっくりとではあったけど、少しずつお姉ちゃんの右手が温かくなってきた。魔力が集まってきた証拠だ。

「うん、あつまったね。じゃあこんどはそのまりょくおぼくがうごかすから、どうなってるかおぼえてね。あっ、じぶんでうごかそうとしちゃだめ。ぼくがうごかせなくなっちゃう」

「うん」

今は魔力を循環させたおかげでキャリーナ姉ちゃんの魔力も動かせるようになっているけど、それはお姉ちゃんが動かそうとしてないからだ。

本人が自分で少しでも動かそうとしたら、他の人の干渉を一切受け付けなくなってしまうから僕がどう頑張っても動かせなくなっちゃうんだよね。

ちゃんと説明したおかげでお姉ちゃんの抵抗がなくなったから、僕はゆっくりと魔力を動かしていく。そして3回ほど循環させたあと。

「おねえちゃん、わかった？　こんどはおねえちゃんがやってみて」

「えっと、こうかな？」

きちんと自分の魔力がどう動いていたのか理解していたんだろう。

キャリーナ姉ちゃんはゆっくりとだけど、着実に魔力を動かして僕とお姉ちゃんの間を循環させている。

うん、これができるようになれば後は簡単だ。

だって、人の体を通すよりも、自分の体を通す方が簡単なんだから。

「おねえちゃん。これでまりょくおうごかすのはできるようになったね。じゃあ、こんどはそのまりょくお、からだぜんたいにひろげて。それができたら、まほうがつかえうから」

「うん、がんばる！　むむむむむっ」

キャリーナ姉ちゃんは、何やら力むような感じで体に魔力を循環させて行く。

実のところ、魔力の循環に力は関係ないんだけど、今はやりやすい方法でやるのが一番だろう。

そしてかなりの時間をかけて体全体に魔力が循環したのが、つないだ手の平から僕にも伝わってきた。と言う訳でいよいよ実践だ。

僕は左手で摑んでいたキャリーナ姉ちゃんの右手を離した。

「これでじゅんび、できたよ。みぎのひとさしゆびのさきにむかって、らいとっていってまほうをかけて」

「うん。……らいと。っ!?」

するとキャリーナ姉ちゃんの右人差し指がぼぉっと光りだした。

その光は僕のそれよりも少しだけ明るく、だけど、ろうそくの光に比べて暗かった。

「やった、ひかった！　わたしもまほう、つかえた！」

その程度の光でも、その場で両手をあげて喜ぶキャリーナ姉ちゃん。

そしてその騒ぎを聞きつけて、何事が起こったのかと飛んでくる司書のおじさん。

そんな光景を見て、僕も胸の中がほっこりとして、とても幸せな気分になるのだった。

ところでさ……やっぱり魔力の循環って、簡単に習得できるんだね。


僕の手助けで無事魔法が使えたキャリーナ姉ちゃん。

でもまだ一人で魔力を体に循環させる事はできないらしくて、僕は今日もお姉ちゃんの魔力操作の練習に駆り出されていた。

そんな時のこと。

「ねぇ、ルディーン。ゆびをひからせるまほうのじゅもん、なんで『らいと』なの？」

練習中、お姉ちゃんはふと疑問に思ったかのように、小首を傾げて僕にそう聞いてきた。

でも、それに僕は答えることができないんだよね。

「なんでだろ？　まほうのごほんにはじゅもんはかかれてたけど、どうしてそのじゅもんなのかはかいてないから、わかんないや」

これは嘘、光の魔法がなぜライトなのかは前の世界の事を知ってる僕は当然解ってる。

でも説明してって言われても、どう説明したらいいのか解らないんだよね。

理由は解んないけど、この世界の魔法の呪文はドラゴン＆マジック・オンラインのものと同じみたいなんだ。

ならここはゲームの世界なのかと言うと、どうやらそうじゃないみたい。だってゲームの中には僕が住んでいるグランリルの村なんてなかったし、それどころかシナリオの中にもアトルナジア帝国なんて国、まったく出てこなかったもん。

それに現実世界なんだから当たり前の事ではあるんだけど、ドラゴン＆マジック・オンラインの世界と違ってジョブごとに装備できないものがあるなんて事も無く、神官のジョブを持っているおじいちゃん司祭様も普通に刃物を持 てるし、弓も射ることができる。

あと一般職の中にもゲームの中には無かった見習い剣士や見習い狩人なんてものもあるから、魔法の呪文以外は多分ゲームとは違っているんじゃないかな。

じゃあなぜ呪文だけが同じなのか？　そんなの解るはずがない。

解らないものは答えようがないから、僕は知らないと言うしかなかったんだ。

「ふ～ん。まほうのじゅもんだから、よくわからないことばなのかなぁ」

「うん、ふしぎなことがおこうじゅもんだから、わからなくてもしかたないよ」

そう言って僕はこの話題を終わらせたんだ。長引かせると、ついうっかり変な事を口走るかもしれないからね。


お姉ちゃんの魔力操作の練習に付き合わされること数日。

「やった、ひとりでできた！」

「よかったね、キャリーナねえちゃん。これでひとりでもまほうつかえうよ」

こうして僕はやっとキャリーナ姉ちゃんの練習から解放されることとなった。

「うん。もうひとりでもまほうつかえるから、こんどはおけがをなおすまほう、おしえて。わたしもヒルダおねえちゃんたち、なおしたい」

「いいよ！　きょうからいっしょにやろ」

ただ今までずっと僕一人でやっていた兄弟たちへのキュアをこれから二人でやる事になったから、練習できる回数が減ってしまったけどね。


さて、お姉ちゃんの練習から解放された僕は、やっと図書館へ向かう事ができた。

それは当然、ずっとお預けになっていた勇者の物語の本を読むためだ。

どんな内容なんだろう？　ドラゴンとか退治するのかな？　それとも凶悪な悪魔を倒したとか？もしかして、魔王を倒したりしたのだろうか？　なにせ高価な本が売切れるくらい人気がある物語なんだから、今まで読んだ冒険者の話より、もっと面白いに違いない。

そんな本がやっと読めるんだと、僕はわくわくしながら集会所へと急いだんだ。

「こんにちわ！　おじさん、ゆうちゃのごほん、ちゃんとある？　だれかかりてない？」

「おおルディーン君、来たな。ちゃんととってあるぞ」

司書のおじさんは、そう言うと机の下から一冊の本を取り出してくれた。

魔法の本や歴史書などに比べて比較的薄いその本は、子供向けに簡単な文章で書かれた念願の勇者の物語だ。

「ありがとう！」

僕はその本を受け取ると図書館にある机に向かい、椅子によじ登ってからページを開いた。

そこに書かれていた物語は僕にとって衝撃的なものだった。

なぜならそこに書かれていた物語の内容が、僕の良く知っているものだったのだから。


『それは４００年ほど前のお話。

スランテーレと言う平和な大陸がありました。

ある日突然、その大陸の中央に不気味な城が現れます。

そしてその城からは無数の魔物と、強大な力を持った魔族たちが溢れ出しました。

彼らは魔王ガンディアの使いと名乗り、国を荒らし、街を襲い、人々を恐怖に陥れます。

そんな中、ボーデンと言う村に住む青年、ヘルトの元に少女の姿をした創造の女神ビシュナが光臨し、一振りの聖剣を与えて魔王討伐の命と、ある神託を下します。

その聖剣を手に旅にでた勇者ヘルトはその道中で仲間を集め、魔族を打ち倒し、最後には魔王ガンディアの住む魔王城に攻め込みます。

死闘の末、勇者ヘルトはあと一歩のところまで魔王ガンディアを追い詰めました。

しかし魔王は最後の最後、打ち倒される寸前に、

「我は不死身。ここで朽ち果てようとも、人の死と絶望を吸っていずれ蘇るであろう」

と叫んで、禍々しい瘴気を口から噴出しました。

その瘴気は触れてしまった生き物が全て死に絶えると言うほど恐ろしい威力を持つものです。そのまま放置すればやがて世界中に広がり魔王の言い残した通り人々に死を撒き散らし、全てを滅ぼしてしまうほどの恐ろしいものでした。

その時、勇者ヘルトは聖剣を天に突き上げ、その秘められた力を使います。

これこそが女神ビシュナが勇者に与えた神託の正体であり、その聖剣の力をもって不死身の魔王を封印すると言うものでした。

しかし、女神の神託にはこの瘴気は含まれていませんでした。

聖剣の力によって瘴気を噴出する魔王そのものは封印できたものの、すでに放出された瘴気は消えません。

今までに噴出したものだけでもスランテーレを死の大陸にするには十分なもので、勇者はその悲劇を防ぐ為に自らの魂を聖剣に捧げてその力で大陸全土を覆う事で、そこに住む人々を瘴気から守り、なおかつ瘴気がその大陸から出ないよう結界を施しました。

こうして勇者ヘルトのおかげで魔王の脅威から人々は救われ、世界は平和になったのでした』

勇者の物語はここで締められているんだけど、僕はその続きを知っている。

彼の恋人であり、共に旅をした女性神官が生んだ勇者の子が国を作って、勇者が生まれた土地を首都としてヘルトボーデン王国が生まれるんだ。

そしてその国こそが、僕がプレイしていたドラゴン&マジック・オンラインの舞台なんだと言う事を。

と言う事は、もしかして本当にここはゲームの世界なの？　でも、それだと辻褄が合わない部分もあるんだよなぁ。

そこで僕は司書のおじさんに聞いてみることにしたんだ。この物語の場所は本当に実在するのかって。

「おじさん、すらんてーれって、ほんとうにあうの？」

「ああ、あるぞ。勇者の物語は昔、本当にあった話だからね。ただ、行く事はできないんだ。勇者が張った結界のせいなのか、今は常に嵐が吹き荒れる雲で大陸自体が隔離されてしまっているからな」

へぇ、そうなのか。

そんな設定はドラゴン&マジック・オンラインには無かったけど、ある意味これで辻褄が合うとも言えるね。

ゲームの中では魔大陸スランテーレの外の世界は出てこなかったし、そこが400年もの間ずっと他と隔離されているというのなら、この世界と色々な部分が違ってきてもおかしくはないもん。

同じ国の中でさえ場所が違えば文化や食生活が違っちゃうくらいなんだから、400年もあれば一般スキルとかジョブの性質が変質して、元とは違う進化をしていたとしても不思議じゃないからね。

ん？　待って。そうなると一つ大きな懸念が浮かぶんだけど。

「おじさん。もしかしてまぞくも、ほんとにいうの？」

「魔族か？　ああ、この周辺では活動しているって話をあまり聞かないけど、本当にいるぞ。でもまぁ、こんな辺鄙《へんぴ》なところまで来ないだろうから安心していい。それに今の時代に出没する魔族程度なら、Ａクラス以上の冒険者パーティーが何体か滅ぼしたと言う話を聞いたことがあるから、勇者の物語に出て来る程脅威になるような存在でもないしな」

そうなのか。

ドラゴン＆マジック・オンラインでは魔族といえばボスクラスだったから弱いのでも30レベル近いだろうし、もしそんなのが出たら大変だと思ってたんだけど、とりあえずこの村は大丈夫みたいだね。

そうかぁ、辺鄙なところまでは来ないのか、ならちょっと安心。

グランリルの村は田舎で不便な事もあるけど魔族なんて出ない方がいいから、この村はこのままが一番だね。

3 時が経ちました

時は流れ、僕は7歳になりました。

まぁ、とはいっても後ちょっとで8歳になるんだけどね。

実のところ、この4年で僕の周辺環境は色々と変化しています。

その中でも、まずは僕の事から。

日課である魔法の練習は4歳の頃から毎日ずっと続けていたんだけど、未だに一般スキルさえ付いてないいんだよね。

一応ステータスは、

ルディーン
Lv0
ジョブ
サブジョブ
一般職

HP	……	14
MP	……	35
筋力	……	12
知力	……	15
敏捷	……	10
信仰	……	13
体力	……	12
精神力	……	18
物理攻撃力	……	6
攻撃魔力	……	11
治癒魔力	……	10

と、キャリーナ姉ちゃんが7歳だった時よりも数値は上回っているんだけど、これはただ単に特に鍛えようとしていなかったキャリーナ姉ちゃんと意識してステータスをあげようと考えてた僕との差でしかないと思うんだ。

だってその証拠に、キャリーナ姉ちゃんは僕より後から魔法の練習を始めたのに、もう一般職の見習い神官を取得しているもの。

ただ、ライトとかの魔法使いの練習はつまらなかったらしくて、早々にやめてしまったから見習い魔法使いはついてない。

マジックミサイルみたいな攻撃魔法も一応教えてみたんだけど、見習い魔法使いがついていない状態だと石を投げた方が威力があるって言うくらい弱いから、剣や弓の練習を始めているキャリーナ姉ちゃんからするとまるでやる気が起こらないんだってさ。

でも、お姉ちゃんには付いたのになんで僕に見習い職が付かないんだろう？

始めた時期だけじゃなく、お姉ちゃんより僕の方がどう考えても魔法の練習を頑張っていると思うんだけどなぁ。

……僕、魔法職に向いていないのだろうか？

あと、この4年間で大きく変わった事があるんだ。

それは僕が魔道具を作れるようになったということ。

魔道具っていうのは魔物の体内にある魔石と呼ばれる物を核にして作られる魔法の道具のことで、それらは自分の魔力や魔石から作られる魔道リキッドを燃料にして動くんだ。

因みに、魔道具を作るのは魔法が使えればそれ程難しい事じゃなくて、作り方の本を読んで勉強すれば大体の人が作る事ができるようになるんだよ。

だってキャリーナ姉ちゃんでも作れたもん。

それで作るのに必要な魔石なんだけど、どうやら魔物の強さで手に入る大きさが変わるらしい。

例えば弱い魔物の代表みたいなホーンラビットからも取れることは取れるけど、米粒くらいの大きさだから、そんな物を核にしても実用的な道具を作る事はできないんだよね。

だからある程度の大きさがないと魔道具の核にはならないし、またその大きさで作れる魔道具の性能も大きく変わるんだ。

例えばお湯を沸かす魔道具を作るとするよね。

普通のお家で使う魔道コンロなら、12レベルくらいの戦士が一人で何とか倒せる程度の魔物から取れる魔石を加工したものでも作れるんだよ。

でもお風呂の湯を沸かすほどの魔道ボイラーを作ろうと思うと、18レベルくらいの冒険者がパーティを組んで倒さないといけない程度の魔物から取れる魔石を使わないとダメなんだよね。

だからホーンラビットのような弱い魔物から取れる魔石は簡単なおもちゃか、魔道リキッドの材料にするくらいしか使い道がないんだ。

でもまぁ魔道リキッドがないと魔力を操れない人が魔道具を使えなくなっちゃうから、そんな小さな魔石でもかなりの需要があるんだけどね。

で、僕が作った魔道具だけど、それほど大それたものは作ってない。それはそうだよね、だって大きな魔石は高くて手に入らないもの。

そんな僕が最初に作ったのは、風が無くても回り続ける風車。

何故こんなものを作ったのかと言うと村の図書館に置いてあった魔道具作成の本に作り方が書いてあったのと魔物から取れたそのままの魔石でも回転などの動作系は問題なく作れること、それにホーンラビット程度の魔石でも作る事が出来るくらい簡単なものだったからなんだ。

本を見ながら実験的に作ってみるのは、どんなものだって最初はどう作っていいのか解らないのだから当然だよね。

それで魔道具作りの基礎をある程度知った僕は、そのあとの1年ほどは小さな魔石を使って色々と試行錯誤した。

そしてその苦労の末に作り出した僕の代表的な魔道具が、今ではグランリルの村の殆どの家においてある魔道具、台車式草刈機なんだ。

あっ、とは言っても別に草刈機を開発した訳じゃないよ。

この世界にも前から草刈機はあったんだけど、それは開墾をする為の強力な奴で、なおかつ刃がむき出しのものだったから子供の僕に作れるはずも無ければ、もし作れたとしても危ないからと取り上げられたと思う。

でも僕はなんとか草刈機を手に入れたかったんだよね。

というのも、グランリルの村での子供の代表的なお手伝いが庭の草むしりだったからなんだ。

あれ、大変なんだよ。

子供の力じゃ根っこまでは抜けないから、取ってもまたすぐに生えてくるでしょ。

それに範囲が広いからあっちへ行ってはしゃがんでむしり、こっちへ行ってはまたしゃがんでむしるって感じで、1時間やるとへろへろになっちゃうもん。

だからそれをなんとか楽にできないかなぁと思ったわけだ。

そこで思いついたのが車輪のついた箱の中で刃がくるくる回って草を刈るっていう、台車式草刈機なんだよね。

これなら刃がむき出しじゃないから危なくないし、何かをまわす魔道具は風車で経験済みだったから作り方も解るしね。

それに核になる魔石も、庭に生えている子供の手でもむしれる程度のやわらかい草を刈るだけだから、それ程大きなものじゃなくてもいいでしょ。

そりゃ風車よりは大きいものが必要だけど、お父さんやお母さんが狩った魔物の魔石でも十分だったから、それを一つ貰って作ったんだ。

初めてその草刈機を使った時はすっごく嬉しかったんだよ。だって、もうしゃがまなくてもいいんだもん。

調子に乗ってガラガラと台車を押して回ったから、その後の刈った草を片付けるのが大変だったくらいなんだ。

でもね、実はそれを作ってからの方が大変だったんだよね。

それを見た大人たちがこれは便利だって言い出して台車を改良、効率よく刈れるように前の方を櫛のようにして草を引っ掛けるようにしたり、台車の取っ手を伸び縮みするようにして大人でも子供でも使えるようにしちゃったんだ。

そしてその台車に魔道具を仕込むのは当然僕の仕事で……変なものを開発すべきじゃないって、あの時は本気で思ったよ。

だって、その魔道具を作るのに毎日ＭＰを使い切るから、村中の家に行き渡るまで魔法の練習ができなかったくらいなんだもん。

まぁ、懲りずにこっそり別の物を作ったりもしてるんだけどね。

回転するものならすぐに作れるから、扇風機とか泡だて器とかを作って家の中だけで使っていたりする。

特に泡だて器はお母さんに大好評なんだけど、絶対に他の人に見せてはダメって言ってあるんだ。知られたら最後、間違いなく草刈機の二の舞になるからね。

僕はまだ回転を利用した魔道具くらいしか作れないけど、何時かはいろいろな物を作りたいなぁなんて考えているんだよ。

魔道具って要するに、魔法を魔石の力を使って誰でも使えるようにする道具だもん。

将来街へ行って大きな図書館で魔道具の作り方の上級編みたいな物を読むことができたら、冷やす魔法で冷蔵庫やクーラーとか作れたらいいなぁなんて思うんだ。

あっ、でもクーラーは風と氷の魔法がいるからなぁ。

もしかしたら複数の魔法を一つの魔道具で使う事はできないかも。

その場合の事も、今から考えておかないとダメだね。

ああ、夢が膨らむなぁ。


さて、僕の話はこれくらいにして家族の話に移ろうかな。

家族で一番状況が変わったのは一番上のヒルダ姉ちゃんだと思う。

天才的な才能で4年前の時点でもう戦士が6レベルだったヒルダ姉ちゃんだけど、その後もどんどん強くなって、なんとそれから1年ちょっとでお父さんのレベルを超えてしまったんだ。

そのレベルはなんと15で村でもトップクラスの戦士に成長したんだけど、驚いた事にその年、近所に住んでいる幼馴染と結婚。そして、すぐに子供を生んでお母さんになっちゃった。

だから今はまったく狩りにも出ず、家でおとなしく主婦してるんだよね。

僕としては才能があるヒルダ姉ちゃんは、もしかしたら冒険者になって村を出て行ってしまうかもって心配していたからちょっと嬉しかったりするけど、同時にもったいないなぁとも思うんだ。16歳で15レベルなんて僕だったら絶対無理だろうし、そんなお姉ちゃんが誇らしくもあったからね。

次にディック兄ちゃんとテオドル兄ちゃんだけど、二人とも無事戦士のジョブを取得した。

ただ、後からジョブを得たテオドル兄ちゃんの方が5レベルで、現在3レベルのディック兄ちゃんより強くなってるんだよね。

二人とも相手のレベルを見れないから、多分2レベル差があるなんて解らないと思うよ。

でも見えてる僕からするとこれからもレベル差が開いていったりしたら仲が悪くなったりするんじゃないかって、ちょっと心配しているんだよね。

別に貴族様と違って長男だから家を継ぐとか言う話はないから、いいと言えばいいんだよ。

でもやっぱり長男としてのプライドがディック兄ちゃんにもあるだろうから、できたらこれ以上レベルが開かないといいなぁなんて僕は思ってる。

次は家にいる二人のお姉ちゃん、レーア姉ちゃんとキャリーナ姉ちゃんのお話。

レーア姉ちゃんは狩人のジョブをつい最近得て今は1レベル、キャリーナ姉ちゃんはこの4年間で一般職として見習い神官と見習い狩人を取得した。

13歳で狩人のジョブを取得したレーア姉ちゃんも凄いけど、11歳で二つの一般職を持っているキャリーナ姉ちゃんも凄いと思う。

特にキャリーナ姉ちゃんは見習い神官の一般職を取得したおかげで、骨折のような大ケガは無理だけどちょっとくらいのおケガならキュアで簡単に治しちゃうから、村では貴重な魔法使いとして大事にされ始めてるんだ。

ヒルダ姉ちゃんもそうだったけど、うちの兄弟はお姉ちゃんたちの方が出来がいいんだよね。

お兄ちゃんたちは二人とも13歳の時点ではまだジョブを持っていなかったし、一般職も見習い剣士だけだったから11歳のキャリーナ姉ちゃんよりもダメって事だもん。

まぁ、僕もキャリーナ姉ちゃんよりも早く魔法の練習を始めたのに見習い神官も見習い魔法使いも取得していないんだから、お兄ちゃんたちの事はいえないんだけどね。

ん、でも待てよ？　お兄ちゃんたちと同じようなペースと考えれば、僕がまだ見習い一般職を取得していないのもおかしくないのか。

うん、僕には魔法職の才能はないのかなぁって思ったけど、あきらめずに練習は続けよう。もしかしたら、もうすぐどっちかの見習い一般職がつくかもしれないからね。

最後にお父さんとお母さんのお話。

ハンスお父さんもシーラお母さんも相変わらず元気に畑や狩りで一日中忙しく働いてる。

レベルはまぁ、怪我をしたら僕たちを食べさせる事ができなくなっちゃうからって無理をして強い魔物を狩らないからお父さんが14レベル、お母さんは11レベルとほとんど変わってないけど、元々がこのグランリルの村でも強いほうに入る二人なので、家はそこそこ裕福だったりするんだよね。

そう言えば魔道具に使う魔石も結構高く売れるって近所のおじさんが言っていたのに僕が魔道具を作りたいというと、気軽に使わせてくれるからなぁ。

この家に生まれた僕は、確かにチート能力はもらえなかったけど案外神様に優遇してもらえてるのかもしれないね。


「ルディーン。お前もいよいよ明日、8歳になるな」

「うん！　ぼくもやっとけんのおけいこに、さんかできるよ。たのしみだなぁ」

夕ご飯の後、お父さんにこう声をかけられて、僕は楽しみだよって笑ったんだ。

魔法の練習はこれからも頑張るつもりではいるけど、4年も魔法の練習を頑張っているのに見習い一般職も取得できないから、もしかすると本当に才能がないのかもしれないもん。

だから僕、武器を使う職業である戦士や狩人のジョブのどちらかを取得できるよう、そっちの方も頑張ろうと思っているんだ。

それに戦士や狩人が多いこのグランリルの村に転生した事に意味があるとしたら、もしかしてそのどちらかに僕のチート能力が隠されているかもしれないもん。だからさ、楽しみなのは当然だよね。

……うん、もう解ってるよ、多分僕にチート能力なんてないって事くらいはね。

でも夢くらい見させてくれてもいいじゃないか。

「そんなルディーンに、お父さんからプレゼントがあるんだ。受け取ってくれるかい？」

「ぷれぜんと？」

なんだろう？　そう思いながら僕が頭をこてんって倒すと、周りにいたお母さんやお兄ちゃんお姉ちゃんたちが僕のその姿を見てニコニコしだした。

う～ん、どうやらみんな、お父さんが僕に何をくれるのか解ってるみたいだね。

と言う事は、８歳になる時にみんなも同じものを貰ったって事なのかな？

そう思ってどきどきしながらお父さんがプレゼントを取り出す姿を見つめていると、現れたのはなにやら60センチくらいの長さの、布に包まれた棒のようなものだった。

「1日早いが誕生日プレゼントだ。これからルディーンの大切な相棒になるものだから、大事にするんだよ」

「あいぼう？」

受け取ったそれはズシリと重く、その手に伝わる重さは、それが金属でできている事を僕に教えてくれた。

もしかして？

僕は期待に胸を膨らませながらその布を解いて行くと、その中から現れたのは皮の鞘に入った一本のショートソードだった。

「わぁ、けんだ。これ、ぼくのけんだよね？　ありがとう、おとうさん。ぼく、だいじにするよ」

「おう。まだ練習を始める前だから刃は研がれていないが、それでも重さだけでも怪我はするからな。扱いは慎重にするんだぞ」

「うん、きをつけるよ」

何しろ初めてもらった僕の武器なんだから、興奮するなって言う方が無理だよね。

流石に家の中だし、８歳になる明日までは剣の練習をする事を村の規則で禁止されてて抜くこともできない。

でもその代わりに僕は、その鞘に入ったままのショートソードをまじまじと見つめたんだ。

真新しい革製の鞘は硬くて、まだなめしたばかりの皮の匂いがするし、持ち手に巻かれた革紐もがっちりときつく巻かれていて緩むことはなさそう。

これならば手が滑ってすっぽ抜けたり、握り損なったりする事も無いんじゃないかな。

このプレゼントが物凄く嬉しかった僕は、寝る時間が近づくまでずっとその剣を抱えたまま、その日をすごしたんだ。

そして寝る前のひと時、いつものようにＭＰが無くなるまでライトの練習をしてからベッドに潜り込んだ。

「あしたからけんのれんしゅうだ！　うまくできるといいけどなぁ」

そう一人呟いて、僕は目を瞑る。

明日のことを考えるとわくわくしてすぐには寝付く事はできなかったけど、それでも一日中お手伝いや魔法の練習とかで動き回っていた僕は、いつの間にか深い眠りの中に落ちて行った。


そして次の日の朝。

僕は興奮からか、いつもよりも目覚めがよかった。

窓から差し込むおひさまの光が、パッチリと開いた目に心地いい。

この明るさからすると、外は初めて剣の練習をするには絶好の青空のようで、僕は物凄くうれしい気分になったんだ。

「らいと」

そんな上機嫌のまま、僕はいつもの朝の日課であるライトの練習……をっ!?

僕はその瞬間、何が起こったのかまったく解らなかった。

それはそうだろう。

だって今は窓からの光によってこの部屋の中は十分明るかったのに、その朝日に負けないほどの強い光が僕の指先から放たれていたのだから。

光り輝く指先を呆気に取られながら見つめる事数十秒、僕はやっとの事で再起動した。

そして改めてその光る指先を見たんだけど。

「これって、らいとほんらいのひかりだよね？　ってことはぼく、もしかしてねているあいだに、みならいまほうつかいをおぼえること、できた？」

現実となったこの世界ではどのタイミングで一般職を取得できるのかは解らないけど、もしかすると経験も記憶と同じで眠っている時に定着するのかもしれない。

それなら寝て起きたら一般職がついていてもおかしくないよね。

「やった！　まいにちれんしゅうしてて、よかった」

光の強さから確信を持った僕は、見習い魔法使いを取得しているのを確認する為にステータスを開いたんだ。

ルディーン
ジョブ　　　：賢者《1／30》
サブジョブ　：
一般職　　　：魔道具職人《12／50》
ＨＰ　　　　：75
ＭＰ　　　　：120
筋力　　　　：45
知力　　　　：95

敏捷　　……40
信仰　　……85
体力　　……40
精神力　……110
物理攻撃力……25
攻撃魔力……70
治癒魔力……65＋50

……なんだこれ!?

開いてみた僕は、すっごくびっくりしたんだよ。

だってステータスが軒並み大幅アップしている上に、一般職どころかジョブまで取得していたんだもん。

どどど、どういう事？　何故一般職を通り越して、いきなりジョブがついてるの？　それも初期ジョブじゃなくて上位ジョブの賢者？　僕、見習いの神官や魔法使いさえ取得してないのに。

僕が自分のステータスを見て驚いているのには訳があるんだ。

それはドラゴン＆マジック・オンラインでは本来、賢者のような上位ジョブは対応している2種類の初期ジョブを30レベルまで上げて初めて取得できるジョブだからなんだ。

因みに賢者は、神官と魔法使いを30レベルまで上げると解放されるんだよ。

でね、その二つのよりも最大MPや攻撃と治癒の両魔力が高い代わりに、一部の魔法が二つのジョブより高レベルにならないと取得できないと言う欠点があるんだ。

ただ上位ジョブだけあって初期ジョブより強いから、取得できた場合はみんな上位ジョブばかり使うようになるんだけどね。


しばらくして少し落ち着いた僕は、何故こんな事になっているのかを考えた。

まず考えられるのは、転生ボーナスによるチートの可能性。

多分これはないと思う。

もしこれが物語によくあるような転生チートなら、こんなタイミングじゃなく前世の記憶を思い出した時に賢者になれていただろうしね。

何より賢者と言うのは初期ジョブよりも上位ではあるけど、あくまで誰でも条件がそろえばなれるジョブだから極端に強いって訳でもないんだ。

実際今の僕はヒルダ姉ちゃんどころか、お父さんやお母さん、それに後二人のお兄ちゃんにも全然かなわないと思う。

かろうじてお姉ちゃんたちには勝てるだろうけど、それは4歳からずっと努力をしてきたからであって賢者のジョブにつけたからじゃないんだよね。

ではなぜ急にこんな事になったのか。

これは多分この世界と言うより、ドラゴン&マジック・オンラインに関係があるんじゃないかなぁ？　そう考えた僕は、ゲームの設定とかを色々思い出しているうちにある事に思い至ったんだ。

そう言えば、キャラクターメーキングで設定できる最低年齢って8歳じゃなかったっけ？　ドラゴン&マジック・オンラインではキャラクターメーキングの時に色々なアバターが用意されていて、そのそれぞれが設定年齢にあわせて子供や大人の体型になるようになっていたんだ。

確かその子供設定の年齢の下限が8歳だったと思う。

この設定がこの世界でも適用されていると考えると、僕は8歳になった事によって条件がそろっていたジョブにつけたという事なのだろう。

そういえばこの村でも7歳以下で一般職を取得してる子って一人もいなかった気がするなぁ。

それに人によって成長速度は違うはずなのに8歳にならないとショートソードの練習を始められないというこの村の規則も、その年齢になるまでは技術を覚えられないという事を経験で知っていた先祖たちが作ったと考えれば辻褄が合うんだよね。

ただ、僕が何故いきなり賢者になれたのかと言うのは解らないままだけど。

まぁこれはゲームの設定通りの魔大陸からこの世界が隔離されたことによって、そこに住む人の性質が400年の間に変わってしまったということかもしれないから深く考えるだけ無駄かもしれないね。

という訳でいくら考えても答えが出ないであろう原因究明はすっぱりとあきらめようと、気持ちを切り替えて改めてステータス画面を見直してみる。

すると今までと表示が少し変わっている事にも気が付いたんだ。

なんか色々増えてるんだよね、ジョブの横の数字とか、治癒魔力の横についている＋50とか。

これを見る限り、ジョブや一般職の横の数字は多分《レベル／レベル上限》だと思う。

って事は僕の場合、ジョブレベルの上限は30で一般職の魔道具職人のレベル上限は50という事なのかな？

あと魔道具職人のレベルが取得した時点で12とすでに高いのは、村中の魔道草刈機を作ったりしているうちに経験値が溜まっていたんじゃないかな？

だって魔物や動物を倒したら上がる賢者と違って、一般職である魔道具職人は物を作ったりその職に対応した練習をしたりする事でレベルが上がるからね。

次に治癒魔力の横についている＋50だけど、これは大体予想がついてるんだ。

その予想の確認の為に、僕はステータス画面を次のページに切り替えた。

するとスキル欄が表示され、そこには《治癒魔法ＵＰ小》の文字が。そう、これがあの＋50の正体だ。

ただ、これを確認して僕は少し残念な気分になっているんだよね。

というのも、これは本来ジョブ取得時点で幾つかある選択肢の内から自分で選ぶ事ができるはずのものだから。

そしてもし選ぶ事ができたとしたら僕は治癒魔力ＵＰ小ではなく、攻撃魔力ＵＰ小かＭＰ回復速度ＵＰ小を選んでいただろうと思っているからなんだ。

正直言ってこの治癒魔力ＵＰ小の効果である＋50と言うのは、ほとんど意味がないと僕は考えているんだよね。

この世界ではもし死んじゃった場合、ゲームのように勝手に教会で復活する訳じゃない。もし生き返ろうと思ったら帝都のような物凄く大きな街まで死体を持って行って、その上で高いお金を払って偉い司祭様に蘇生魔法をかけてもらわなきゃいけないんだ。

だから死ぬ可能性があるような強い魔物を狩ろうなんて思う人はいないんだよね。

それに大怪我をして手とかが取れちゃったらこれまた治療に高いお金がかかってしまうから、弱い魔物相手でもなるべく複数で怪我をしないように気をつけながら狩りをする。

そのおかげで、この村では骨折以上の大怪我をする人はほとんどいないんだ。

そしてそんな怪我なら大体はキュア1回で、たとえ骨折したとしても賢者の治癒魔力なら2～3回で治ってしまうから、どうせ付けるなら攻撃魔力UP小やMP回復速度UP小を付けられたらよかったのにって思ったんだよ。

でもまぁ、ゲームじゃないんだから思ったようにいかないのも仕方がないよね。

さて、せっかく開いているんだからと次のページも見てみると、そこは賢者1レベルで使える魔法が書かれたページだった。

攻撃魔法にはマジックミサイルやスリープ、補助魔法にはライトや暗闇を作るダークネス、そして治癒魔法にはキュアや錯乱を回復させるサニティなど、結構な数の魔法が並んでいた。

多分他のジョブに変わるとこのページは、戦士だったらスラッシュやシールドバッシュなんて技が、盗賊なら鍵開けや罠解除なんかの特殊技能が表示されることになるんだろうね。

そしてその次のページには一般魔法、ゲーム時代はプレイヤーから設定魔法と呼ばれていたものがずらりと並んでいた。

実はドラゴン&マジック・オンラインは最後にオンラインとついている通り元となったゲームがあるんだけど、それはゲーム機やPCでやるゲームじゃないんだ。

このゲームの元になったのはドラゴン&マジックと言う海外製のテーブルトークRPGという会話で行われるゲームで、その移植のせいかドラゴン&マジック・オンラインには実際のゲーム内では使う事のない薪に火をつける着火の魔法とか、飲み水を作る魔法などの普通の生活に使うような一般魔法も設定されていたんだよね。

これらはプレイヤーが自分で使う事は無かったけど、イベントムービーの焚き火をするシーンで使われたり壊された柵を修繕するシーンで使われたりして、ファンタジーらしさを演出していたんだ。

でもこれ、現実になったこの世界では物凄く使える魔法なんじゃないかな?

特に魔石を消費して色々な物が生み出せる創造魔法とか、材料があればいろんな物を簡単に作れちゃうクリエイト魔法は便利だよね。

それに土砂を積み上げたり取り除いたりできる魔法なんてのもあって、これら一般魔法は使い勝手よすぎである意味チートと言ってもいいくらいだ。

まぁ、そのほとんどが今は灰色で使えないんだけどね。

というのもこの一般魔法は覚えていたとしても、それを使用できるステータスに達していないと使えないから。

　ではなぜそんなものが表示されているのかって話になるけど、これは多分賢者の取得条件に関係しているんだと思うんだ。

　賢者は本来2種類の初期魔法職を30レベル以上に上げないと取得条件がそろわない上位ジョブでしょ。

　これはどちらか、またはその両方を30レベルに上げる間にすでに覚えているはずの一般魔法が表示されているって言う事なんじゃないかなぁ？

　たぶんゲーム時代は取得できるレベルになっても使えないものだったから、ライブラリー的な意味でここに書かれてるんだと僕は思うんだよね。

　さて次のページに切り替えるとそこは装備品によってついた効果が表示されるページで、どうやらこれが最後のページらしい。

　ただ、今はまだ何にも書かれてないんだ。

　それはそうだよね。だって魔法の装備とか何も持っていないのだから。

　でもいずれは遺跡探索とかで伝説の武器とかを見つけたいなぁ。

　このページが色々な効果で一杯になるなんて事は流石にないだろうけど、空欄は寂しいもんね。

「ルディーン、何時まで寝ているのかな？　お寝坊さんねぇ。もうお外は明るく……って、どうしたの！　これは何事!?」

自分のステータスを確認している間に結構な時間が経っていたみたいで、何時まで経っても起きてこない僕を心配したお母さんが部屋に起こしに来てくれた。

でも来てくれたのはいいんだけど、なぜかびっくりした顔で固まって僕の方を指差しているんだよね。

そんなお母さんの姿を見て、僕はどうしたんだろうと頭をこてんって倒したんだよ。

だって僕、特に何か変わった事が起こっているとは感じてなかったもん。

これが朝起きたら大人になっていたとか、女の子になっていたと言うのなら僕だって驚くよ。

でも僕は昨日までと同じ体のまま、別に何にも変わってないって解ってるからお母さんが何に驚いているのかさっぱり解らないんだ。

ん、待って？　もしかして顔が変わってるとか？　もし動物の顔とかになっていたらお母さんがびっくりしてもおかしくないよね？　そう思った僕は慌ててぺたぺたと自分の顔を触ってみたんだけど、でも触った感じ特に変わったようには思えないんだよなぁ。

別に動物のような毛も犬や猫のような髭も生えてないし、狼のように口が伸びていたりもしてない。

鏡を見てみないとはっきりとは言えないけど、触った感じではいつもの僕の顔のままだし、特に変なところはないと思うんだけどなぁ。

「ねぇおかあさん、どうしたの？　ぼく、どこかへん？」

そこまで口にして僕はある考えに行き着いた。

お母さんがここまでびっくりしてるんだから、自分では解らないだけで傍から見れば誰にだって解るくらい大変なことになってるんじゃないだろうか？　例えば顔に紫色の斑点が出てるとか、そこまで行かなかったとしても顔が真っ青になっていたらお母さんなら心配してこれくらい驚いてもおかしくない。

「もしかしてぼく、たいへんなことになってるの？　しんじゃうようなびょうき？」

急に怖くなって、僕は涙目になりながらお母さんにそう聞いてみたんだよ。

でもそんな僕の泣きそうな顔を見てお母さんはフリーズから回復したらしくて、慌てて違うよって言ってくれたんだ。

「そうじゃないのよ。お母さん、ちょっとびっくりして。ねぇルディーン、それもあなたの魔法なの？」

そう言うと、お母さんは恐る恐る僕の方を指差した。

ん？　魔法って何かやってたっけ？　そう考えて、僕はある事に気が付いた。

そうだ！　僕の指、今物凄く光ってるんだっけ。

自分でかけた魔法の効果だから指先が光っていてもそれが変だなんてまったく思ってなかった僕は、お母さんから見たら今がどれほど異常な状況だと感じるかを考えつかなかったんだ。

でも確かに朝寝坊した子供を起こしに行ったら、その子の指がすっごく光ってるんだもん。誰でもびっくりするよね。

「うん、らいとってまほうだよ。でもきのうまではこんなにあかるくできなかったから、ぼくもびっくりしてたんだ」

「そうなの。それで中々起きてこなかったのね」

今の状況が特別な事ではなく自分の息子が自分の意思で指先を光らせているのだと解って、お母さんはほっとした顔をしていた。

そんな顔を見て、僕は何か悪い事をしたような気持ちになったんだ。

「おかあさん、ごめんなさい。びっくりさせちゃったね」

「大丈夫よ。ルディーンが魔法を使えるってことをお母さん知っていたはずなのに、それに思い至らなかったのが悪いんだから。でもそのらいとって言う魔法、指先が光るだけならちょっと使いづらそうだけど、どんな時に使うの？」

「ちがうよ！　らいとはものをひからせるまほうなんだ。ぼく、あさおきてすぐの、まりょくがいっぱいのときは10かいくらいらいとがつかえるから、いっつもりょうほうのおてでのゆびをぜんぶひからせてれんしゅうしてたんだよ」

昨日までの僕の最大ＭＰは35だったから、消費魔力が３のライトだと11回使う事ができたでしょ。だから毎朝、それに近い数があるからって両手の指を全部光らせて練習してたんだ。

「そうなの。なら他の物を光らせるのもできるのかな？　例えば石とか」

「うん。このまほうってほんとうはぼうけんするときに、まほうのつえのさきをひからせたりして、たいまつのかわりにするまほうだからね。いしとか、ぼうのさきっぽとかをひからせることができるよ」

体の一部しか光らせる事が出来なかったら、この魔法は本当に役に立たない魔法になっちゃうもん。

例えば暗闇で自分の手とかが光ってたら魔物から見たらいい目印になって、ライトの光が届かない暗闇からでもそこを目掛けて魔法とか弓とかで攻撃される可能性があるからね。

「便利な魔法なのね、らいとって。それなら今度夜に繕い物をする時、ルディーンにその魔法をかけてもらおうかしら。ろうそくや暖炉の火では手元がちょっと暗いなって思っていたけど、その光なら明るさ的に十分だし、物にかけられるのならそれを手元に持って来ればいいのだから助かるわ」

「うん！　そのときはいってね。あっでも……」

そこまで言ったところで、僕はある事に気が付いてちょっと口ごもる。

「どうしたの？　らいとの魔法を使うのに、何か問題があるのかな？　もしかして光っている時間が物凄く短いとか」

「ううん、じかんはだいじょうぶだよ。ふつうにかけても1じかんはひかってるし、かけるときにいっぱいまりょくをつかえば10じかんくらいひかってる」

実は物体にかける持続型魔法は、消費魔力を増やす事によって効果の時間を延ばすことができるんだ。

ライトはその恩恵を特に感じることができる魔法の一つで、ドラゴン＆マジック・オンラインではダンジョンに入る時に最大までかけておき、ＭＰを回復してから潜ればＭＰ消費を考えずに使えたんだよね。

「あら、それなら何も問題はないじゃないの。ならどうして困ったような顔をしたの？　お母さんに教えてくれる？」

「あのねぇ、このまほうのひかりはいちどつけたらぼくしかけせないんだ。でもぼく、おかあさんのおしごとがおわるまでおきてられないから、ながくひからせるとおしごとおわってもまぶしくておかあさん、ねられなくなっちゃうなぁっておもったの」

マジックアイテムと違って、ライトの魔法は術者が解除するか他の魔法使いが解呪しない限り消える事はない。そして解呪もかけた人の実力次第で解くのが難しくなるんだよね。

まぁ、その辺りはかける人の裁量次第で解きやすくもできるんだけど、そもそも魔法が使えないお母さんではいくら簡単に解けるようにしておいたとしても自分でライトの魔法を消す事はできないんだ。

僕んちはお父さんお母さんが村の中でも結構な実力を持っている戦士であり狩人だから、他よりほんのちょっとだけ裕福でお家も別に狭くはないんだよ。

でも繕い物をする部屋とお母さんたちが寝る部屋を別けるなんて事ができるほど大きな家じゃないもん。

だからこんな強い光を放つ物が部屋の中にあったりしたら、普段は真っ暗にして寝ているお母さんたちは絶対に眠れないと思うんだよね。

「ルディーンは優しいのね。でも大丈夫よ。お母さんにいい考えがあるから」

「いいかんがえ？」

そう言うと、お母さんは一度部屋の外へ出て行き、しばらくすると何やら後ろに物を隠しながら帰って来た。

そしてそれを見えない位置に置いた後、ジャガイモを一個、僕に渡してこう言ったんだ。

「ルディーン、丁度いいものが無かったからこんな物で悪いけど、このジャガイモにさっきのらいとって魔法をかけてくれるかな？」

「おいもさんにらいとかけるの？　うん、いいけど……」

よく解んないけど、何かお母さんにはいい考えがあるみたいだから、とりあえず言われた通り魔法をかけてみる。

「らいと」

するとジャガイモが強烈な光を放ちだした。

食べ物にライトの魔法をかけたのは初めてだけど、ちゃんと発動したみたいでよかった。

「おかあさん、かけたよ。これをどうするの？」

このライトの魔法はたとえ毛布とかをかけたとしてもかなりの枚数をかけないと光は漏れるし、箱とかに入れても蓋とかの隙間からかなり強い光が漏れるから暗闇の中ではやっぱり眩しいと思うんだよね。

なら家の中を暗くする為にこれを外に出してしまえばいいかというと、これだけの光だと真っ暗な村の中ではとても目立つもん、それを見た近所の人がどうしたんだろうと思っちゃうんじゃないかな。

僕としては無理だと思うんだけど、きっとお母さんはこのジャガイモの光をうまく消す方法を思いついたんだ。

でもお母さんは解呪なんてできないんだから、どうやって消すのかまったく解らない僕は、どきどきしながらお母さんが何をするのかを見ていた。

すると。

「これだけ明るいと、布をかけても眩しいよね？　でもこれならどうかしら」

そう言うとお母さんはさっき後ろに隠していたものを、折りたたまれた毛布と鉄のなべを僕の前に置いた。そして、光るジャガイモを毛布の中に入れて、その上から鉄のなべをかぶせたんだ。

「ひかりがどこからもみえない。おかあさん、すごい！」

「でしょ」

ものの見事にライトの光を外にもらさないようにする方法を僕に見せ付けて、得意満面のお母さん。

なるほど、ひとつの物で遮るんじゃなくて、なべを毛布にかぶせる事によって光が漏れないようにしたのか。

確かに鉄なべなら光を通さないし、折りたたんだ柔らかい毛布の中にジャガイモを入れて、そし

てその上に鉄なべをかぶせると重さで沈み込むから、ジャガイモから鉄なべまでの間にも毛布が入り込んで光が漏れる事はないよね。

「でもね、こんなのを使わなくても光るものを隠す道具はあるのよ」

感心しきりの僕に、お母さんは遺跡とか洞窟で使うランタンの中にはカバーを下ろす事によって中の光を外に漏れなくできる物もあることを教えてくれた。

「普通は中にろうそくとかを入れるんだけど、ルディーンのこの魔法があればそんなのもいらないから今度買ってこようかしら」

そう言って笑いながらね。

◆

「ルディーンも武器の練習が解禁された事だし、今日は朝から剣の練習をするか？」

朝のお手伝いが終わった後の朝食の席で、お父さんがこんな事を言い出した。

「けんのおけいこ、あさからやっていいの？　やったぁ！」

普段お兄ちゃんやお姉ちゃんが武器の練習をするのはお昼ご飯を食べた後からで、それまでは家のお手伝いをする時間だったから僕の初練習は午後からだろうと思ってたんだよね。

なのに、朝から練習が出来ると聞いて、僕は諸手をあげて喜んだ。

「おお、いいぞ。ルディーンはショートソードを扱うのは今日が初めてだからな。どうせなら初日に時間をかけてじっくりと基礎を教え込んだ方が上達も早いだろうし、今日は俺も狩りに行かずにルディーンに付き合うつもりだよ」

「きょうはおとうさんと、ずっとれんしゅうできるのかぁ」

いつもなら畑や狩りで昼間は家にいないお父さんとずっと一緒にいられる上に、剣の扱いも付きっ切りで教えてくれるって言うんだから、僕はとても嬉しかった。

そしてせっかく教えてもらえるんだから今日一日で少しでも剣がうまくなれるよう、頑張らないとって思ったんだ。


朝食を食べ終わると、僕はすぐに練習が出来るようにと急いでプレゼントしてもらったショートソードを取りに行ったんだよ。

でもお父さんは、すぐには練習をさせてくれなかったんだ。

「ルディーン。食べてすぐだと身につかないぞ。練習は少し休んで、腹がこなれてからだ」

「なんだ、すぐじゃないのか」

でも確かに食べてすぐに動いたら気持ちが悪くなるから、僕はお父さんの言いつけを守って30分くらいの間、食休みを取ってからショートソードを手に外へと飛び出したんだ。

「おとうさん、まずなにやるの？」

「まずはな、剣を鞘から抜いて構えるところからだ」

お父さんが言うにはただ構えるだけって言っても、これが色々と注意しなければいけない事が多くて意外と難しかったりするらしい。

それに正しい剣の握り方とか足の開き方とかを身に付けておかないと、いざ剣を振った時にうまく扱えないらしいから、最初はとにかく何度構え直しても同じ形になるように練習するのがいいんだってさ。

そういえば前の世界で読んだ剣道漫画でも強い人は構えただけで解るって書いてあったからなぁ、なんて事を考えながら僕は鞘からショートソードを抜いて、両手でそれを構えた。

本来なら片手で扱うショートソードだけど、まだ体の小さい僕はこうしないと振った時に剣の重さを支えきれないからね。

そんな初めて剣を構えた僕の姿を、お父さんはじっと見てる。

これは多分どこが悪いか、そしてどうすればそれが直るかをしっかりと見極めるためなんだろうね。

そして30秒ほど僕の姿を見続けた後、お父さんはやっと口を開いたんだ。

「ルディーン。お前、もしかして陰で隠れてお兄ちゃんたちの剣の稽古を見てまねしてたのか？」

「ううん、やったことないよ。ぼく、きのうまでじぶんのけんをもってなかったし」

何か難しい顔をしてお父さんがこんな事を言うもんだから、僕は首をブンブン振って構えの練習なんか一度もした事がないって言ったんだよ。

そもそも家の中には剣の代わりになりそうな物は畑を耕す道具や刈った草を集める熊手、後は箒くらいしかないんだよね。

だけど規則で8歳になるまで武器の練習を禁止しているグランリルの村では、それらを子供が持ち出さないように大人がしっかりと管理をする事になっているから隠れて練習しようにもできないんだ。

「それもそうか。ふむ、しかしそれにしては」

そう言うとお父さんはまた黙り込んでしまった。

そしてショートソードを構える僕の周りをくるくる回って色々な角度から観察したり、肩や腰を触って色々と確認をしたんだ。

「ルディーンの構え、どこも直すところがないように見えるんだけど……よし、試しに一度振ってみろ」

「えっ、いいの？」

まさか剣を振る許しがもらえるなんて思ってなかったからびっくり。

でもせっかく許可がでたんだから、僕は遠慮せずにショートソードを振りかぶってから、えいっと振り下ろしたんだ。

カツン。

賢者のジョブになったおかげで筋力がすっごくアップしてるからちゃんと振ってさえいれば止める事はできたんだろうけど、興奮していた僕は力が入りすぎてショートソードをそのまま地面に叩きつけちゃったんだ。

でもさ、初めて振ったんだもん、勢いあまって地面を叩いてしまったのは仕方ないよね。

「えへへっ、じめん、たたいちゃった」

でも僕は自分の失敗を自覚してたから、ついお父さんに向かって照れ笑いをしちゃったんだよ。

ところが、いつもならそんな僕にお返事をしてくれるお父さんが、今日に限って何も言わずに真剣な顔をしてるんだもん。

怒られる！

いくら今日が初めての練習で持っているショートソードもまだ刃がついていないものだと言っても、これは武器の練習なんだからふざけてたらケガをしちゃうかもしれないでしょ。

だからこそ、こんな笑いながらやったりしたらダメだったんだ。

そう思った僕は、きっともうすぐ来るお父さんの怒鳴り声に怯えながら目を瞑って小さくなったんだ。

ところが何時まで待っても、お父さんの雷が落ちてこないんだもん。

だから恐る恐る目を開けてみると、お父さんは僕のすぐそばに立っていて、驚くような事を言い出したんだ。

「ルディーン、地面を叩いてしまったのは失敗だったけど、今のはよかった。きちっと刃は立っていたし、太刀筋もブレが殆ど無かったからね。ルディーンはいい子だから本当に今まで一度も剣の練習をしていないのだろうけど、だとするとこれは凄いことなんだ。もしかするとルディーンはヒルダと同じくらいの、いやもしかしたらそれ以上の天才なのかもしれない」

「えっ!?」

予想もしていなかった話を聞かされて、僕はびっくり。だってそんな事があるはずはないんだもん。

もし本当にそんなにうまく剣を振れるのなら一般職の見習い剣士がついていないとおかしいんだよね。なのに今朝見たばかりの僕の一般職の欄は魔道具職人だけだった。

だから僕、今のはきっとたまたまうまく振れただけなんだと思うんだ。

そしてもしそうなら僕が剣をうまく振れるというのはお父さんの勘違いだって早く解ってもらわなきゃ。

勘違いされたまま一番大事な基礎をしっかりと固める前に次に進んじゃったら、僕の剣の技術は土台のないものになっちゃうもん。

「そんなことはないよ。ぼく、はじめてけんをもったんだから、うまくふれるはずないもん。もういっかいふれば、まちがいだってわかるよ」

「そうか？　ならもう一度振って御覧。見ててあげるから」

「うん。みててね」

勘違いだと解ってもらう為に僕は剣を構え直し、振りかぶってから今度こそきちっと中段の構えの位置で止まるように剣を振ったんだよ。

これなら僕の実力以上の結果にはならないはずだから、まだ基礎ができていないとお父さんに解ってもらえるはずだからね。

ところが。

「うん、今回はきちっと止めたね。それに今回も見事な太刀筋だ。これならすぐに次の段階に移っても問題はなさそうだ」

「ええ!?」

そんなはずはないよ！　そう思いながらも、もしかしたら最初に剣を振った時に見習い剣士が付いたなんて事があるのかもしれないなんて思った僕は、こっそりとステータスを開いて一般職の欄を見てみたんだ。

だけど、やっぱりそこには見習い剣士の文字はない。

そして念のためスキル欄も見てみたけど、そこに書かれているのは治癒魔力ＵＰ小だけで武器関係のスキルはやはり増えていなかったんだ。

これはどういう事なんだろう？　一般職はついてない。スキルも増えていない。なのにショートソードは一般職が付いている人と遜色がないほどうまく使えるなんて。

そう思いながらステータス画面を見ていると、ジョブの欄に書かれている賢者の文字が目に入った。

と、そこで僕はある事に気が付いたんだ。

「そうか、けんじゃだ」

「ん？　ルディーン、なんか言ったか？」

「ううん、なにもいってないよ」

つい口から出てしまった言葉を誤魔化すように、お父さんには惚けておいた。

賢者のジョブに関しては、話してもいいか僕はまだ判断できてないからね。

話がそれたけど、そうだよ。多分この賢者が原因だ。

ドラゴン&マジック・オンラインで賢者が装備できる武器は4つ。

攻撃魔力UPがついていることが多い杖、治癒魔力UPがついていることが多いワンド、状態異常の効果があるボルトを打ち出すことができるクロスボウ、そして同じく状態異常を起こす効果がついていることが多い短剣だ。

この中の一つである短剣、前の僕が住んでた日本だとナイフみたいなものを思い浮かべる人が多いだろうけど、どうやらこれは間違いらしいんだよね。

どうもRPGが最初に英語から日本語に訳された時、西洋剣と言う物に馴染みが無かったからか直訳されてしまった為に短剣（ダガー）となっているだけらしいんだ。

その証拠に、ドラゴン&マジック・オンラインで短剣に含まれるスティレットなどの一部の武器って、実は刀身が結構長いんだよね。

何が言いたいかと言うと、このショートソードがその短剣の語源であり、その短剣を装備できる賢者のジョブを持つ僕がショートソードを1レベル戦士並みに扱えたとしても別におかしくはないんじゃないかって事。

そう考えたら、今の状況が全て説明が付くんだよね。

ただ、説明が付いたからと言って全てが解決したわけじゃない。

「ヒルダにもあっと言う間に追い越されてしまったけど、もしかしたらルディーンにはそれ以上の速度で追い抜かれてしまうかもしれないなぁ」
「そんなことないよ。おおきなけんは、うまくつかえないかもしれないもん」
剣の天才かもしれないと思い込んでしまったお父さんを前にして、ショートソードは使えるけど
ロングソードや楯がロクに使えないと解ったらがっかりさせてしまうんじゃないかなって思った僕
は、一人心の中で頭を抱える事になったんだ。

それからなぎ払いや斬り上げなど、一通りの太刀筋を見てどんな振り方をしても僕がちゃんと刃筋を立てられると知ったお父さんは、基礎を飛ばして僕に打ち込みの練習をするようにと言ってきたんだ。

「いいかい、お父さんが剣を動かすから、それに向かって斬りつけて来るんだ。その時もちゃんと刃筋を立てることを忘れないようにね」

「うん。ぼく、がんばるよ」

もうショートソードがうまく使える事は隠しようがないから、先の心配は棚上げして練習に集中することにした。

この練習を続ける事によって大きくなる前に、見習い剣士を取得できるかもしれないからね。

カン、カン、カン、カン。

お父さんが左右に動かす剣を目掛けて、僕は一生懸命ショートソードで斬りつける。

でも、これが結構難しくて。

スカッ。

うまく振ったつもりでも、たまに空振りしちゃうんだよね。

どうやらスキルがあるからといっても、それだけではゲームのように自在に攻撃ができると言うわけじゃないみたいなんだ。

武器の扱い自体はスキル依存でなんとかなるんだろうけど、実際に攻撃したり防御したりする時は僕自身がどう動くかを考えないといけないから、こればかりは反復練習をして身につけないとダメみたい。

実際、お父さんがちょっと剣を動かしただけでも、途端に当てるのが難しくなるんだよね。

「ルディーンは当てる事に一生懸命で父さんがどう動かすかを予想してないだろ。よく見て御覧、剣が動く前に何か無いかな？」

「うごくまえ？」

お父さんにそう言われたから、僕はショートソードを振りながら剣をよく見たんだ。

だけど特に何かがあるようには見えなくて、おまけにその何かを探すのに集中しすぎてさっきよりも外す回数が増えてしまった。

「う～ん、才能があると言っても剣を握るのは今日が初めてのルディーンに、そこまで求めるのは流石に無理があったかな？　よし、あせっても良い事はないからやっぱり今日は誰もが初日にやる打ち込みだけにするか」

「え、やめちゃうの？　ぼく、けんがうごくまえのなにか、まだわかんないのに」

お父さんの言葉に、僕は何でやめちゃうのって言ったんだよ。

だって剣が動く前に何があるのか僕にはまださっぱり解らないけど、無理だったかと言われると流石に悔しいもん。

やめるにしても、何かヒントを掴んでからじゃないと。

「そうか、確かにここでやめるのはルディーンも納得がいかないかもな。ならもう少し続けるか」

「うん！」


僕の抗議の声と悔しそうな顔を見て、お父さんは今の練習を続ける事にしてくれたみたい。

でも同時に今のままでは何時までやっても埒が明かないと思ったんだろうね。

「でも、このまま続けても今日中に何かを掴む事はできないだろうから、お父さんから少しだけヒントをやろう。いいかルディーン、この剣に攻撃を当てようとするのなら剣をずっと見てちゃダメだ。剣が勝手に動いている訳じゃないからな」

そう、僕に少しだけヒントをくれた。

「けんをみてちゃだめ？」

でも当てるのに目標の物を見ていてはダメってどういう事なんだろう？　動きを見ないと当てられないと思うんだけど……ん？　待って、さっきお父さんはなんて言ってた？

剣が勝手に動いている訳じゃないからな。

そうか、剣を見てちゃいけないんじゃなく剣だけを見てちゃダメだったのか。

それに気付いた僕は視野を少し広げてお父さんの腕も一緒に見るようにしたんだけど、剣が動く前に何か変わったことがあるようには見えなかった。

う〜ん、どうやら腕に前兆が現れる訳ではないみたいだ。

ならもう少し範囲を広げて胴体を、と思った時にふと動くものが僕の目に映った。

それは胴体の上にある顎、剣を動かす前にお父さんは顔をほんの少しだけ動かす方に向けていたんだ。

「おとうさん、けんをうごかすまえに、そっちのほうをみてたのか！」

「おっ、気付いたか。偉いぞ」

お父さんはそう言うと、嬉しそうに僕の頭をガシガシとなでた。

その力が強すぎて僕はお父さんの手が左右に振られる度に頭を振り回されたけど、褒められている事は解っているから笑顔でなすがままにされたんだ。

「ルディーン、今のお父さんがやったみたいに解りやすくはないけど、生き物はこちらに飛びかかろうとする前に一度体を沈めたり、左右に飛ぼうとする前にその反対側の足に体重を乗せたりと、体を動かす時には必ず何かしらの予備動作があるんだ。だから狩りをする時は獲物をよく観察しなさい。そうすればある程度の動きが解るようになるからね。これは行動予測と言うものなんだけど、これができないと魔物どころか、普通の動物さえ狩る事ができないんだよ」

「まものどころかってことは、まものもどうぶつとおなじなのか」

動物にそんな予備動作があるのは知っているけど、魔物もそうなんだ。

ドラゴン&マジック・オンラインでは魔物が攻撃する時にそんな表現は無かったから、てっきり魔物にはそんなものは無いと思ってたよ。

と、そんな感じで魔物にも予備動作があるんだなぁなんて感心していたら、お父さんがちょっと驚いたような顔をしたんだ。

「おや？　ルディーンはよく本を読んだり勉強をしたりしてるからてっきり知っているものだとばかり思っていたけど、意外だな」

「なんのこと？」

何か僕の知らないことがあるのかな？　そう思って聞き返すと、お父さんから驚くべき話を聞かされたんだ。

「魔物と動物は、元は同じものだぞ。例えばホーンラビットは野うさぎが高濃度の魔力を浴び続けて変質したものだ」

「ええっ!?」

変質したって、だって大きさ自体かなり違うじゃないか！　たしかホーンラビットは中型犬くらいの大きさだったよね。

という事は普通の野うさぎの大きさから考えて、魔物に変質して倍以上の大きさになったって事？　魔力を浴びるだけでそんなに巨大化するの？

それに本来はないはずの角まで生えてるけど、環境に合わせてそういう進化をしたと言うわけじゃなく、野うさぎそのものが魔力によって魔物に変質したものだと言うの？

「そんなに驚くという事は本当に知らなかったのか。そもそも、魔物と動物の違いって何か解るか?」

「ちがい? ……えっと、どうぶつよりまもののほうがつよかったり、きょうぼうだったりするとかかなぁ」

「いやいや、強さで言えばホーンラビットより大型の狼や熊の方が強いだろうし、そもそもホーンラビットは草食だから、此方から攻撃をしなければ襲われる事も無いぞ。よく考えて御覧」

そうなの!? って、そう言えばホーンラビットはドラゴン&マジック・オンラインでもノンアクティブだったっけ。

最初に物語がスタートする村周辺にいる魔物はチュートリアル的な意味もあってか、こっちから攻撃しない限りプレイヤーを無視して行動するという事を思い出して、僕は納得した。

でも、それなら魔物と動物の違いってなんだろう? ゲームならお金とかアイテムを落とすって答えるんだけど……あっ!

「そうだ、ませきだ。まものにはませきがある!」

「おっ気付いたか。そう、動物と魔物の違いは魔石が体内にあるかどうかなんだ。では魔物にはどうして魔石があると思う?」

「えっと、さっきおとうさんがいってたよね。まりょくをあびたから」

「正解だ」

僕の回答を聞いて、満足そうにうなずくお父さん。

そうか、動物が魔力を浴びると体内に魔石が生まれて、それが元で変異したのが魔物なのか。

あれ？　でも魔力ってどこにでもあるよね、なら全ての動物が魔物になっていないとおかしくない？　それこそ人間だって。

「おとうさん、まりょくってどこにでもあるよね？　ぼく、まほうがつかえるからわかるけど、いまここにだってあるもん」

「ああ、ルディーンには高濃度って言っても解らなかったか。この世界には色々な所に魔力が物凄くいっぱいある場所があってな、その場所の近くに長期間いると動物が魔物に変質するんだよ。そんな場所の事を魔力溜まりと言うんだ」

「まりょくだまり」

ここからお父さんが話してくれた事は、僕にとってとても大切な事だった。

それはその内容が、この世界で生きて行くのに絶対に知っておかないといけない事だったのだから。

「そもそもこの村の近くにある森に魔物がいるのだって、あの森の奥に魔力溜まりがあるからなんだぞ。あまり大きくはないが、それでも森にある魔力溜まりの半径5キロほどはその影響を受けているから森の外周辺りでさえ魔物が出る。そしてその魔物も、魔力溜まりに近づくほど強くなるから、俺たちでもあまり奥までは狩りにいかないんだ」

「ちかくなるほど、つよくなるの？」

「ああ、浴びる魔力が強くなるからなんだろうな。野うさぎから変質するにしても外周ならホーンラビット程度だけど、中心部まで行けば最悪ドリルホーン・ラビットにまで変質するかもしれない。まぁ、今まで一度も見つかっていないから、それは杞憂と言うものかもしれないけどな」

ドリルホーン・ラビットか、確か巻貝のような大きな角がある大型犬くらいの魔物だったよな。ドラゴン&マジック・オンラインでは六人パーティーでも18レベル以上になって、やっと狩り始める事ができるようになる魔物だっけ。

ってことはもしそんなのが出たとしたらグランリルの村人総出でかからないといけないだろうし、もしかすると死んじゃう人まででるかもしれない。

ほんとにいないといいなぁ。

「こわいまものが、もりのおくにはいるかもしれないんだね」

「そうだぞ。だから絶対に森の奥に行ってはダメだ。大人たちでも奥に入る時は完璧な態勢を作った上で、必ず五人以上で行動するくらいだからな。ルディーンもいずれ森に狩りに出かけるようになるんだろうけど、そのことだけはよく覚えておくんだぞ」

「うん、ちゃんとおぼえておくよ」

これがラノベ主人公ならチート能力を使って森の奥にいる魔物でレベル上げだ！　なんて話になるんだろうけど、僕なんかが行ったら最悪の事態になるとしか思えないもん。

一人でこわい魔物をやっつけられるくらいまでレベルを上げることができたら、その時はまた考えるけどね。

と、ここで一つ疑問が。

「おとうさん、まりょくだまりがあるところって、みんなもりになるの？」

もしそうなら海には魔物がいないって事になるから多分違うとは思うんだけど、これだけは確認しておかないといけないと思ったんだ。

将来的に何かの理由で遠出しなければいけなくなった時に、これを聞いておかなかった為に知らないうちに魔力溜まりに近づいていたなんてこともありえるからね。

「いいや、別に森にばかりあるわけじゃないぞ。事実この国周辺で一番大きな魔力溜まりは、このグランリルの村から見て東にある都市、イーノックカウから80キロ以上離れた場所にあるカロッサ領の更に30キロほど離れたところにある、魔の草原と言われる場所にあるらしいからな。そこは最高ランクの冒険者でも足を踏み入れたら命の保証はないと言われるほど、強い魔物が沢山いるという話だ」

「そうげんにもあるんだ。ならしらずにちかづいちゃうこともありそうだね」

森と言う目印があるならともかく、草原にもあるのなら気付かずに近づいてしまって危険な目にあうと言う事もありそうだ。

そう僕は思ったんだけど、そんな考えをお父さんは笑いながら否定してくれた。

「その辺は大丈夫だ。さっきも言った通り、魔力溜まりは近づけば近づくほど魔物が強くなる。だからたとえ新たに出来て誰にも知られていない魔力溜まりがあったとしても、危険になるほど近づく前に魔物の強さで誰でも気が付くからな」

「でも、どうぶつがあまりいないところだったら？」

森や草原と違って岩山とか荒野にはそれ程動物はいない。

餌が豊富な場所に魔力溜まりができれば周りの動物の変異で知る事ができるだろうけど、荒野とかの荒れた土地に魔力溜まりができたらどうなるんだろうと考えると、魔物の強さだけで判断するのは危険なんじゃないかな？　って思うんだ。

「おっルディーンはそんなところにまで頭が回るのか。偉いぞ。だけどその心配はしなくてもいい。これは不思議な話なんだが、動物があまりいないところには魔力溜まりはできないようなんだ」

でも、そんな僕の心配は杞憂だったらしい。

理由はよく解っていないらしいんだけど、生き物が住まないようなとこには魔力溜まりは何故かできないらしいんだ。

これには色々な説があるらしいんだけど、魔力溜まりが成長するのに動物が関係しているんじゃないかって言われてるんだって。

「人が住む場所で魔力溜まりができないことから考えても、野生の動物と魔力溜まりに何かの関係があると考えている人が多いみたいだな」

そういえば、生き物が住むのに適しているところに魔力溜まりができると言うのなら村や街にできないのは不思議だね。

と、そこで僕はある事に気付いたんだ。

これってゲーム的な都合によるんじゃないかな？

ゲームの世界では村や街周辺には弱い魔物しかいない。

これは強い魔物がいるところには村や街が作れないからと言う説明が付くんだけど、でも旅立ちの村周辺の魔物が世界で一番弱いというのは間違いなくゲームの都合だろう。

これと同じような力が、この人が住む街や村には魔力溜まりができないという部分に働いているんじゃないかなぁ？

でももしそれが正しいとすると、そのゲームの都合に当たるものはなんなのだろう？

ここがゲームの世界ではないと言うのは間違いないから本当にゲーム製作者の思惑でこの様な事が起こっているとは考えられないし、巨大な力を持った何かの意思によってこのようなことになっているならそれは一体誰なのか？

そんな絶対的な力を持つ存在って……。

「もしかして、このせかいには、ほんとうにかみさまがいる？」

僕は流石にこんな事は無いよねって思いながら、でもついそれが口に出ちゃったんだよ。

だから慌てて誤魔化そうとして、笑いながら今のなしって言おうとしたんだけど。

「なんだルディーン、いきなり。神様がいるなんて当たり前じゃないか」

お父さんのこの言葉で、その笑顔は凍りついてしまった。

そんな僕の様子にはまるで気付いていないのか、お父さんは神様が本当にいる証拠を幾つか語りはじめたんだ。

「神託により、その御姿を刻印することが定められている金貨を偽造したり金の配合比率を下げたりすると、創造神ビシュナ様から天罰が下ると言うのは有名だな。その他にも豊穣の神ラクシュナ様を怒らせた国が大飢饉に見舞われて滅びかけたと言う話もある」

「えぇっ!? かみさまをそこまでおこらせるなんて、そのくにはなにをしたの？」

そんな実例があるのなら実際に神様がいるのだろうけど、神様に滅ぼされかけるなんて、その国は一体何をしたんだろう？

普通に考えて実在する神様に喧嘩を売るなんて、普通ではありえない話だと思うんだけど。

「聖公国ウィンダリアという国があってな、そこはこの大陸でも一番小さな国なんだがその首都、聖都アルテニアは豊穣神ラクシュナ様を信仰する者たちの聖地と呼ばれる場所なんだ。150年ほど前、事もあろうにその聖都に対して侵攻計画を立てた国があったんだが、実際にその準備を始めたところ3年以上にも及ぶ大飢饉に見舞われることになったそうだ。そして、それによってこの侵攻を断念する事になったそうなんだけど、当然それだけでは神の怒りが解ける事はなくて最終的に聖都アルテニアにその国が大神殿を建立して許しを請うことによってやっと飢饉は終わり、その国は滅亡を免れたそうだぞ」

実際に神様がいる世界でその聖地に侵攻計画を立てるって、いったい何を考えているのやら。

そりゃ神様が怒るのも無理ないよね。

「そんなにつづいたのか。こわいね」

僕のこの言葉を聞いたお父さんはにやりと笑い、僕に驚くようなことを教えてくれた。

「実はな、聖都アルテニアに攻め込もうと考えたのはアトルナジア帝国。つまりこの国だ。覚えておけよルディーン、神様は本当にいるし、その時にラクシュナ様が御許しにならなければこのグランリルの村も滅びていただろうからルディーンも生まれてこなかったんだぞ」

なんと、まさかそんな馬鹿なことをした国が帝国だったなんて。

僕が生まれてから8歳の誕生日まで他の国と戦争をしたなんて話は一度も聞いたことないから、てっきり他の国と仲良くする国だと思っていたのに。

ん？　待って、もしかしたらその失敗があったからこの国は戦争をしない平和な国になったのかな？

そういえば帝国って確か、周りを侵略してできた国のことだったよね。なら昔は戦争ばかりしていたって考える方が正しいのかな？

「それに回復魔法も神様の奇跡だろ？　それが使えるルディーンから神様が本当にいるのかなんて聞かれるとは父さん、思ってもみなかったよ」

「そういえばそうだね。ぼくがきゅあをつかえるのって、かみさまのおかげだった」

最後に一番根本的なことを指摘されて、思わず笑ってしまう僕。

ゲームではなくなってしまったこの世界でも信仰系の魔法である治癒魔法が使えるのだから、考えてみれば神様がいるなんて当たり前だよね。

4 獲物がいません

お父さんに剣と弓の指導をしてもらい始めてから1週間、狙ったところに剣を当てられるようになったのと弓の代わりになる攻撃魔法が使えること、そしてもしおケガをしても魔法で治せるからって周辺の小動物相手なら狩りの練習をしてもいいよって許しが出たんだ。

だから僕は次の日から喜び勇んで村の外に飛び出し、それからの1週間でめきめきとレベルを……上げられなかった。

ドラゴン＆マジック・オンラインではゲーム開始から1時間もあれば最初の村周辺マップだけで5レベルくらいまでは上げる事ができた。

確か一番弱い魔物を5～6匹狩れば2レベルに上がったような？　でも、この村周辺にいるのは魔物ではなく普通の小動物だからそんな少数では当然レベルは上がらない。

でもある程度の数を狩る事ができればレベルは上がるはずなんだよね。

なのに僕のレベルはまだ1レベルのままだった。というのも。

「えものがいない」

狩りの対象である動物がいないんだよね。

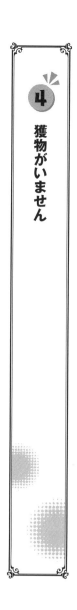

今思うとゲームって本当に親切で、村から出れば周りにかなりの数の魔物がいるし、もし誰かが倒しちゃってもすぐ再ポップするでしょ。

でも現実では獲物になる小動物はほとんどいないし、もしいたって誰かが狩っちゃったらそれまでなんだ。

そしてまだ森に連れて行ってもらえない子供たちは僕同様、村の周辺で狩りをしているんだから獲物そのものがいないのは当たり前で。

その結果、この1週間で僕がしとめることができた獲物は0。

う〜ん、世の中は本当に甘くない。

この状況で僕はどうしたらいいのかを考えた。

別に獲物がまったくいないわけじゃないんだよ。だって他の村の子たちはちゃんと獲物を獲ってきてるもん。

じゃあなぜ僕は獲れないのか？　これは簡単だ、僕には狩りなんてしたことないから獲物がどこにいるか知らないし、どうやって探したらいいのかも解らないからなんだよね。

でもここでお父さんに、どこにいけば獲物が居るのかを聞いても多分教えてくれないと思う。もし教えてくれるつもりがあるのなら最初から話しているだろうし、きっと獲物を見つけるのも狩りの練習だと考えているだろうからね。

だからこそ、僕は自力で獲物を見つけて狩りを成功させなければいけないんだ。

というわけで獲物をどうやって探すのかと言う話になるんだけど、正直さっぱり解らない。

まぁ考えたって解るはずないけど、でも何にも考えずに走り回ったってうまく行くはずないとも思うんだよなぁ。

だって8歳になってすぐに狩りに出る許可が出るなんて事は普通ないから、僕は狩りをしてる他の子たちに比べて体力がないはずだもん。その分、頭を使わないとって思ったんだ。

では他の子にできなくて僕にできる事と言ったら何か？　それは魔法だよね。でも探知の魔法なんてものは賢者の1レベルで使える魔法には当然ない。

だから普通に魔法を使って探すと言う案は却下、では他に何かないだろうか？　そう考えている内に僕の頭に浮かんだのは魔力でなんとかならないだろうか？　ということだった。

前の世界で読んでたラノベでも魔力を周りに薄く放って、その反応で敵を探すと言う話が幾つかあったもん、もしかするとそれが使えるかもしれない。

そう思った僕は、試しに村の中でやってみる事にしたんだ。

「えっと、まりょくをまわりにうすく、だったよね？」

体に魔力を循環させて、それをゆっくりと周りに放っていく。

すると思ったように放射はできた。そう、確かにできたんだけど……。

「これって、まりょくをだしてるだけだよね？」

広がるけど返ってこない。

考えてみれば当たり前で、放射したものが何かに当たって返ってくるのならマジックミサイルを撃っても標的に当たったら跳ね返ってきちゃうもん。

返ってくると考える方が間違いだったよ。

ではどうしたらいいのか？　多分魔力を使うと言う考え方は間違っていないと思うんだ。

ドラゴン&マジック・オンラインでも探索スキルを持っているジョブはあったし、精霊であるシルフやウィンディーネは命令すると索敵をしてくれたからね。

と、そこまで考えて僕はちょっと引っ掛かりを覚えた。

だから僕はもしかすると今の考えから何か答えが思いつくかもしれないと、もうちょっと掘り下げて行くことにしたんだ。

スキルはともかく、精霊はどうやって探索をしているんだっけ？

確かシルフは周りの風を使って探索をしているって設定だったような？

そういえばウィンディーネも水を使っての探索だったよね。

という事は周りにあるものを使えばいいってこと？

でも、僕は風も操れなければ、当然空気中の水分を操る事もできない。

では何を？　って考えたところで、やっと僕は当たり前の事を思い出したんだ。

「まわりには、まりょくがあるじゃないか」

そう、この世界は濃い薄いはあるものの、どこにでも魔力がある。

ドラゴン&マジック・オンラインの時と同じ様に周りのものを使えばできるのなら、僕だってこの周りにある魔力を使う事によってシルフたち精霊のように探索ができるはずだよね？

そう考えた僕は、早速周りにある魔力を動かし始めた。

自分の中にある魔力と違って簡単に掌握する事はできないけど、お姉ちゃんの体の中にある魔力を動かすよりは遥かに簡単だ。だってそこには何の意思も存在しないんだから、妨害される要素が全然ないんだもん。

試しに動かした魔力を音波のように一定の波にして前方に放ってみる。

これは村の中で全方位に放つと、障害物が多すぎてもし返ってきても何がなにやら解らなくなりそうだったから。

そして放った波はやがて壁にぶつかり、そして素通りした。

「だめかぁ……」

その様子を感じてがっかりした僕は、次の瞬間いい意味で裏切られることになる。

なんと素通りしたはずの波の一部がすり抜けた壁の向こうから返ってきたんだよ、それも複数の波長で。

その跳ね返ってきた波長をよぉく見てみると、どうやら別の魔力を含んでいることが解ったんだよね。

返ってきた波は三つ。そして僕の予想が正しければ、これはきっとそういうことなんだと思う。

それを確認する為に僕は波長を放った壁の向こう、僕の家の中に入って行った。すると。

「あら、ルディーン、お帰りなさい。早かったのね。ん～でも、さっきはこれから何かの練習をするって言っていたわよね。それはもういいの？」

「お母さん、ルディーンたら嬉しそうな顔してるじゃない。きっとその練習がうまくできたのよ」

「こんどはなんの魔法？　わたしにもできるもの？」

家の中には予想通りお母さんとレーア姉ちゃん、そしてキャリーナ姉ちゃんがいた。

そう、さっき返ってきた波長はこの三人の魔力を含んで返ってきたものだったんだ。

「やったぁ、せいこうだ！」

「あらあら、よく解らないけど頑張ったのね。偉いわ、ルディーン」

「おめでとう、ルディーン」

一方向とはいえ、初めての探知成功に僕は両手をあげて飛び跳ねながら大喜び、そんな僕の姿を見てお母さんとレーア姉ちゃんは優しく笑いながら褒めてくれた。

ただこの三人の中で唯一魔法が使えるキャリーナ姉ちゃんだけは、他と反応が違う。

「ねぇ、わたしもできるの？　ルディーン！　ねぇってば！」

何時までも跳ね回る僕の横で必死に話しかけてきたんだ。

でも実験の成功で有頂天になっている僕はお構いなし。そのまま喜び全開で飛び跳ね続けるもんだからお姉ちゃんの堪忍袋の緒が切れてしまった。

「もうっ！　ルディーン。聞いて、聞いてってば！」

そう言ってぶつかってきたからたまらない。

少し成長したっていっても僕の体はまだ小さいでしょ。

キャリーナ姉ちゃんも11歳になって体が前より大きくなっているけど、僕の体を支えられるほど力があるわけじゃないから二人してこてんって倒れちゃうことに。

「いたいよぉ……。ぐすんっ……うっ、うわぁ〜ん！」

「ごめっ、ごめ……んぅううっうえ〜ん！」

そして床に転がってしまった痛みで、二人とも泣き声の大合唱をする羽目になっちゃったんだ。


その次の日、キャリーナ姉ちゃんにねだられて僕は覚えたばかりの探知を教えてあげたんだ。

「まわりのまりょくなんて解んないよ！」

でもね、いくら教えてもできなくて、最後にはそう言って怒られちゃった。

そういえば僕は初めから魔力を自由に動かせたけど、キャリーナ姉ちゃんは自分の中の魔力でさえ僕が何日か手伝いながら教えてあげないと動かせるようにならなかったもん。

だからこの探知の為に周りの魔力を動かす練習をしないとできるようにならないのかも。

そう思った僕は、キャリーナ姉ちゃんにそう教えてあげたんだよ。

「そうなんだ。う〜ん、ならもういいや」

そしたらそう言って、あっさりあきらめちゃったんだよね。

お姉ちゃんが言うには、もうこの村の周りならどこで待ち伏せすれば獲物が来るかある程度解ってるし、森の中は大人たちと一緒なら自分で獲物を探す必要がないからなんだってさ。

なるほど、確かに僕だってどこで獲物を獲ればいいか解っているのならこんな面倒な方法を考えようなんて思わなかったもん、お姉ちゃんの言うことも解るよ。

と言うわけでお姉ちゃんとはお別れして、僕は探索の練習をする為に村の外へ。

村の中だとすぐに人に当たってしまうからどこまで届くか解らないんだよね。

畑を抜け、村の周りの柵を抜けたところで僕は前方に向かって魔力の波を放ってみる。

……しばらく待ってみるも反応はなし。

「よくかんがえたら、これだとどこまでとどいているのかわからないや」

波である以上遠くまで行けば弱くなるだろうし、その波が返ってくるとなると、とどく範囲の半分くらいの距離じゃないと探索の効果はないのかもしれない。

確かめなきゃ。

そう思った僕は空を見上げた。

そしてしばらくしたころ。

「あっ見つけた！」

遠くに飛ぶ、鳥を発見！　そのまま今いる場所に波を放つと外れてしまうから、鳥が飛ぶ前方に少し広めの扇形になるよう意識をして周りの魔力を波に変えて放射。

ちょっと遠すぎるかなぁ？　なんてことを考えていたんだけど、どうやら波は無事に鳥のところまでとどいたらしくて、僕のところまで戻ってきたんだ。

そしてその波にはちゃんと鳥の魔力が含まれているのも確認できた。

「これだけはなれていても、とどくんだ」

目標にした鳥の大きさを知らないから正確な距離は解らないけど、魔物と言うわけじゃないから特別大きな鳥でもないだろうし、多分３００メートルは離れていないんじゃないかな？　でもそれだけ遠くにいる獲物でも感知できる事が解ったから、僕は次に村から離れるように歩きながら色々な方向に魔法の波を放ち始めた。

ただ、今度は扇状ではなく直線でだけど。

鳥の時と違ってどこにいるか解らないのに魔力の波を扇状に広げたら、たとえ波が返ってきたとしても離れれば離れるほどどこにいるか解らなくなっちゃうからね。

将来的には３６０度全方向に放っても解るようにしたいと思うけど、今の僕ではそんな事はできないから今は方向だけに絞って探知するんだ。

こうして両手を広げたくらいの幅で、場所や方向を変えては魔力操作を何度か繰り返す。

すると。

「あっ、なにかいるっぽい」

10分ほど歩いて村からそこそこ離れたところ、人や鳥とは違う何かの魔力が含まれた波が返ってきたんだよ。

って事は、この方向に向かえば何かしらの獲物がいるんだと思う。

「やった！　やっとみつけた」

その返ってきた反応に気を良くした僕は、喜び勇んでそちらの方に駆け出したんだよ。

ところが。

「あれ？　いないや。どこかへ、いっちゃったのかなぁ」

結構遠くまで来たつもりだけど、一向に獲物の姿は見えず。

そこでもう一度周りの魔力を操って波を飛ばしてみると、僕が来た方とは反対側から反応が返ってきた。

「もっとむこうなの？　これはもしかして、すごくとおくでもまりょくのなみがかえってくるのかも」

それこそ2～3キロ先でも波が返ってくるのならこの方法は使えない。

将来的にこの探索方法を使いこなせるようになって獲物がどこにいるのかまで正確に把握できるようになったら話は別だけど、これがただ方向が解るだけだったら一日中走っても獲物にたどり着かないかも知れないもん。

せっかく凄い技術が手に入ったと思ったのに使えないのかもしれないと思ってがっかりする僕。

「でもまほうだって、さいしょからうまくいったわけじゃないもん。これもれんしゅうすれば、いつかうまくなるよね」

村の中とかで何度か使って、見つけたものまでの距離が解るようになれば強力な武器になるだろうから、これからは魔法や武器の練習のほかに、この探知の練習も日課にしよっと。

練習すると決めたからにはその日から始めるのが一番、どうせ今日はこれ以上頑張っても何も獲れないだろうから、これから村に帰って索敵の練習だ！　そう思った僕は村へ帰ることにしたんだ。

「そうだ、どうせだからむらにむかってまりょくをとばしてみよ」

結構歩いたし、ここから村までは1キロちょっとはあるだろうから村に向かっている間に何度か魔力操作をすれば波が返ってくるまでの時間で、ぼんやりとでも距離が解るようになるかもしれない。

そう思った僕は、早速周囲の魔力を操作して飛ばしてみた。

ところが。

「あれ？　かえってこないや」

待てど暮らせど魔力の波は返ってこない。

でもまぁ、僕が両手を広げたくらいの幅で魔力をまっすぐ飛ばしているんだから、もしかしたら誰もいないところを通っただけかもしれない。

僕は１００メートルほど進んでからもう一度、少しだけ扇状になるように魔力を飛ばしたんだ。

そして今度こそ返ってきた時間を調べるぞって思っていたのに、なぜか今回も何の反応も返ってはこなかったんだよね。

こうなると僕はちょっとだけ不安になる。

村に誰もいないなんて事は普通ありえないのに、何の反応も返ってこないと言う事はもしかして何かあったんじゃないかって。

だから僕は駆け出しながら何度も魔力の波を村に放つけど、結果は変わらず無反応。

「おかあさんや、きんじょのおばちゃんたちはいるはずなのに」

あせる心を抑えながら僕は一生懸命走る。

村には僕より強い人たちが一杯いるんだから、何かが起こっているとしたら僕が駆けつけても何の役にも立たないかもしれない。

でも、走らずにはいられなかったんだ。

そして遠くに村の周りの柵が見え始めたころ。

「へっ!?」

放ち続けていた魔力の波に反応があった。

そして更に進むと返ってくる反応が増えて行く。

「あれれ？」

なんか変だぞ。見た感じ、僕が今いる位置から村の柵までの距離は３００メートル程で、その付近には人影はない。

ならこの返ってきている反応はそれより遠くにいる人たちということで……。

なんとなく解ってきた僕は走るのをやめ、ゆっくり歩きながら魔力操作を繰り返した。

そして解ったことはというと。

「このほうほうでわかるのって、もしかして４００メートルくらいさきまで？」

どうやら凄く遠くまで解るというのは僕の勘違いだったみたいだ。

間違いに気が付いた僕はホッとするやら恥ずかしいやら、でもいつもの平和な村がなんかとても嬉しくて、満開の笑顔で村の門をくぐって家へと帰って行ったんだ。

あの日解ったとどく範囲から、多分あの時は偶然獲物が反対方向に走って行ったのだろうと考えた僕は、その次の日から魔力操作での探索を繰り返したんだよ。

でもね、魔力の波に反応があったからと駆け出すと、いつもそこには何もいない。

それも一度や二度の事じゃなく、何日もそんな日が続いたんだ。

そんな事を繰り返している間も村での練習は続けていたから、やがて返ってくる反応でなんとなく遠いか近いかくらいは解るようになってきたんだけど、反応が近い時でも僕が駆けつけるとそこにはいつも何もいなかったんだ。

「おかあさん。ぼく、まりょくでどうぶつがどこにいるか、なんとなくわかるようになったんだ」

「あらルディーン、動物のいる場所が解るようになったの？　凄いわね」

いくら探知しても獲物の影も見ることができない日が続いて、どうしたらいいのか解らなくなってしまった僕。

その日も収穫は0でうなだれながら家に帰ると、お母さんとお姉ちゃんたちが台所で夕食を作っていたから、どうしてなのかをお母さんに聞いてみることにしたんだ。

本当はお父さんに聞くほうがいいのかもしれないけど、まだ帰ってきてないしお母さんも狩人のジョブ持ちだから狩りのことには詳しいだろうからってね。

「だけど、いそいではしってくと、いつももういないんだ。どうしてだとおもう？」

藁をも掴むような気持ちでお母さんにそう問い掛けたんだけど、そんな僕の言葉に反応したのは質問されているお母さんではなく、その向こうでお手伝いをしていたレーア姉ちゃんとキャリーナ姉ちゃんだった。

「あらルディーン。走って近づいちゃダメよ。動物は臆病だから、誰かが走ってきたら逃げちゃうもん。ルディーンだって、誰かが棒を持って追っかけてきたら逃げるでしょ？　それと同じよ」

「そうだよ。狩りの時はしずかにしないと、えものがにげちゃうんだよ」

こうして僕の悩みは、あっさり解決する事となった。

「なんでこんなあたりまえなことに、ぼくはきがつかなかったんだろう？」

そんな小さな自己嫌悪と共に、ね。


ある日の夕食での事。

「ルディーン、明日衛星都市イーノックカウに連れて行くからな」

「「「「えっ!?」」」」

さっきまではいつもの楽しい夕ご飯の時間だったのに、お父さんのこの一言でお母さんやお兄ちゃんお姉ちゃん、そして当然僕もすっごくびっくりして大騒ぎになっちゃったんだ。

「何を言い出すのよハンス！　ルディーンはまだ8歳なのよ。早すぎるわ」

「そうだよ、ルディーンはまだ武器の練習を始めて3ヶ月くらいしかたっていないじゃないか」

「私もそう思う、危ないわ」

お母さんとディック兄ちゃん、そしてレーア姉ちゃんがお父さんの発言に反対の声をあげ、その意見に対してテオドル兄ちゃんとキャリーナ姉ちゃんもだまってうなずく。

僕はというと、思ってもいなかった事だからびっくりしすぎて固まってたんだ。

「ここ3ヶ月のルディーンの行動から考えたら、別におかしくはないだろう？」

「そうだけど、でもこの子はまだこんなに小さいのよ。もしも大きな怪我をしてしまったら」

「大丈夫さ、もっと大きくなるまでは一人で行動させたりしないし、大勢の大人たちと行動して森での心構えや動き方を教え込むつもりだからな」

衛星都市イーノックカウへ行くという話がいつの間にか森へ行く話に変わってしまっているけど、これは別にみんなの頭が混乱してこんな内容になってしまっているわけじゃないんだ。

これはグランリルの村の人からすると、初めてイーノックカウを訪れるという事が、森へつれて行ってもらえるようになると言う事と同義だからなんだよね。

この村で森と言うとグランリルの村の近くにある魔物が出る森の事を指すんだけど、その森へ入るにはある決め事があるんだ。それは冒険者ギルドに登録してF以上のランクでなければならないということ。

冒険者ギルドというのは文字通り冒険者の活動を補佐する為に作られた、どの国にも所属しない独立した組織で、そこでは明確な基準を持ってランク付けが行われている。

そのランクと言うのは英雄と呼ばれる一部の特例を除くと、上からSABCDEFGの八つで表されるんだ。

ただGランクは戦闘を一切しない採取専門の人やドブさらいやペットの散歩などの便利屋のよう

な依頼をこなす人たちだから、名前を書けば誰でもなれるんだよね。

だから実質Fランクからが冒険者を名乗る一番下のランクと言う事になっているんだ。

でね、そのFランクには冒険者ギルドで試験を受けて冒険者を名乗る事ができる実力があると認定されないとなれないから、この村の子は10歳くらいにならないと普通は冒険者ギルドがあるイーノックカウには連れて行ってもらえないんだよ。

それなのにまだ8歳である僕をお父さんが連れて行くと言い出したもんだから、みんながこんなにびっくりしてるんだよね。

「それでも、やっぱりルディーンにはまだ早いよ。ほら、まだおててもこんなに小さいし、ころんだだけでないちゃうんだよ。あぶないよ」

隣に座っているキャリーナ姉ちゃんが、僕の手を取ってお父さんにそう訴えかける。

僕としてはすぐ泣いちゃうみたいに言われてちょっと腹が立つけど、心配してくれている事は解っているからそこはだまっておく事にする。

この間、転んで泣いちゃったのも本当だし……。

「そうは言うがルディーンは、今ではほぼ毎日何かしらの獲物を獲って来るんだぞ？　それも一人でだ。鳥やウサギに限定すれば一番年上のディックよりも数が多いんだから、これで森に連れて行かないわけにはいかないだろう。それに『きゅあ』だったか？　治癒魔法もキャリーナよりもうまいって言うし、将来はきっと優秀なハンターになるだろうから早いうちから色々教えた方がいいと思うんだ」

「そんなに獲ってたんだ……」

お父さんの言葉にお兄ちゃんやお姉ちゃんは、みんな黙り込んでしまう。

そう、狩りをする時は走っちゃいけないとかの初歩的な事さえ知らなかった僕は、あれからお父さんやディック兄ちゃんに色々教わって、この3ヶ月の間にかなり狩りの腕を上げたんだ。

行動する時は決して急がず騒がず、なるべく音を立てずに草の上を移動できるよう歩き方を工夫したり、魔力波探知の上達で大体の位置が把握できるようになってからは、わざわざ回り込んで風下から近づいたりもしてね。

そりゃあ最初の頃は失敗もしたし獲物に気付かれて逃げられたりもしたけど、今では魔法がとどく範囲まで近づく前に逃げられちゃう事はほとんど無くなったもん。

獲物を見つけさえすればほぼ狩る事ができるようになったから賢者のレベルも2に上げる事ができたし、その上一般スキルの見習いレンジャーまで取得する事ができたんだ。

因みに見習い狩人ではなく見習いレンジャーなのは、多分待ち伏せしたり痕跡を調べて獲物を追い詰める狩人と違って、獲物に気付かれずに行動するレンジャーの方が僕の行動パターンに近かったからなんじゃないかな？　って思ってるんだ。

ただ一つ残念なのは、同じ隠密行動が得意なジョブなら見習い盗賊がついて欲しかったなぁと。

だって盗賊なら鍵開けとか罠解除とかができるし、何よりドラゴン＆マジック・オンラインと条件が同じなら正式なジョブになって5レベルまで上げることができたら、ラノベとかでよくチート扱いされる鑑定解析のスキルが使えるようになるもん。

まぁ、そうは言っても盗賊らしい動きはまったくしてないから付くはずも無いんだけどね。

話を元に戻そう。

お父さんの話を聞いてお兄ちゃんやお姉ちゃんはもう反対する気を失ったみたい。

でもお母さんだけはどうしても賛成できないらしくて、必死に食い下がったんだ。

「それでもまだルディーンは小さいのよ。いくら大人が周りにいたとしても咄嗟の時は守れないかもしれない。それに足腰もまだしっかりしていないから、草に足をとられて転んでいる隙に襲われて大怪我をしてしまうかもしれないじゃない。確かにルディーンは動物を獲るのはうまいかも知れないけど、魔物と動物はまるで違うわ」

「ああ、魔物と動物は違う。だからこそなんだ」

不安そうなお母さんに、お父さんは諭すように言葉を続けたんだよ。

「シーラ、ルディーンは優秀だ。普通の子が森に行くようになる10歳くらいになる頃には、今よりもずっと狩りがうまくなっている事だろう。でも、うまくなればうまくなるほど狩りに慣れてしまうんじゃないか？　考えてもみろ、そんな弱い獲物の狩りに慣れきってしまってから魔物を狩り始めたらどうなると思う？　その方が危険だろう。そうなる前に、まだ獲物が怖い存在だと感じるうちに魔物と対峙させないとダメだと俺は思うんだよ」

お父さんのお話を聞いて、お母さんも黙っちゃった。

そうか、そんなことをお父さんは考えていたのか。

僕としては前の記憶があるから魔物がどれくらいの強さかを知っているつもりだったけど、この世界はゲームじゃないもん。

攻撃されれば痛いし、ゲームみたいに装備がそろっている訳じゃないから今まで考えていたようにはいかないかもしれない。

例えば今の僕は賢者2レベルだからホーンラビットなら簡単に狩れるなんて思っていたけど、一度も攻撃を受けずに倒せるかっていうと、多分無理なんじゃないかな？　それなら今の僕では狩れないという事と同じだ。

一度攻撃があたっただけで僕の小さな体じゃ吹き飛ばされちゃうだろうし、何より痛さで泣いちゃって魔法を使う事ができなくなってしまうだろうから。

今のお父さんの言葉を聞くまで、僕は魔物を狩るという事がよく解っていなかったんだ。

ウサギや鳥はこっちが攻撃すれば逃げ出すけど、魔物は襲ってくる。

こっちが相手よりもかなり強ければ逃げるだろうけど、そうじゃなければ瀕死でも逃げ出さずに向かってくるんだよね。

「ぼく、まものがどれくらいこわいかしらない。だからふつうのどうぶつとおなじだとおもってたけど、こわいんだね」

「ああ、魔物は怖いぞ。たとえあと一息で倒せそうでも、最後の一瞬まで気が抜けないんだ。そこが動物と魔物の違いでもある。ルディーン、お前はきっと強くなる。でも、強くなりすぎてからでは教えられない事を、今なら教える事ができるとお父さんは思うんだ。シーラが心配するのも解るけど、今しか教えられない事があるのなら教えておくべきだと俺は思う。ルディーンはどうしたい？」

そんなお父さんの問い掛けに対して、僕の答えはもう決まっていた。

「ぼく、しってみたい。それにおとうさんたちがまもってくれるのなら、あんしんだしね」

「よく言った。それでこそ俺の子だ」

僕がそう答えると、お父さんは笑いながら褒めてくれたんだ。

「シーラ、これはルディーンの意思でもあるんだ。解ってくれるな」

そしてお母さんの方を見て、そう問い掛けた。

そんなお父さんに対して、お母さんは泣き笑いのような顔をして返事をする。

「もう。そう言われたら反対できないじゃない」

こうして僕のイーノックカウ行きに反対する人は、誰もいなくなったんだ。

5 大きな街への初めてのおでかけ

次の日の朝、僕はお父さんが御者をする馬車に乗って衛星都市イーノックカウへと出発した。

このイーノックカウ行きは僕の冒険者ギルド登録と言う目的の他に、森で獲れた魔物や村の近くで獲れた動物や鳥を売りに行くという目的もあるから、それらで馬車の中は一杯。

まぁ、とはいっても別にこの馬車に積み込まれているもの全てが僕たちの家のものというわけじゃないんだけどね。

「普段は村に来る行商人に売ることが多いけど、こうして街に自分たちで持ち込めばより高く売れるから、誰かが街に行く時はこうして村のみんなの分も一緒に売りにいくんだ」

「だからこんなにあるんだね」

僕は御者台の上から後ろを振り返り、ホロの中一杯に積まれた色々な物を眺めた。

その中には大きな牙やキラキラ光る小さな魔石が一杯入った枡、それに僕が見た事もないような大きな魔物の毛皮なんかもあったりして、とても面白かった。

お父さんはそんな様子を楽しそうに見ていたんだけど、ふと何かに気がついたような顔をして僕にこう問い掛けてきたんだ。

「なぁ、ルディーンはお金を見た事はあるか?」

「おかね?　ないよ。むらではいらなかったもん」

お金の存在は知っているけど、見た事はない。だって村での生活では子供は基本、お金は必要ないんだもん。

村にお店があるわけじゃないし、行商人が来ても売っているものは食品や調味料、後は服やその材料になる布や各種道具なので子供にはお金の使い道がないからだ。

「そういえばそうだな。でも、これから行くイーノックカウでは必要になるから最低限の事は覚えておかないといけないぞ」

そう言うとお父さんは腰についているポーチから小さな皮袋を取り出し、そしてその中から4枚の硬貨を取り出して僕たちが座っている間のスペースに並べたんだ。

「いいかルディーン。これが一番小さい通貨である鉄貨、基本となる1セントだ。これ10枚で銅貨1枚と交換される」

なんかTRPG版ドラゴン&マジックが生まれた地球の某大国の貨幣と同じ名前のような気がするけど、きっと偶然だよね?

因みにお父さんが今、並べながら教えてくれた貨幣の交換レートは以下の通り。

金貨　　10000セント
銀貨　　　100セント

銅貨　　10セント
鉄貨　　1セント

その他にも金貨10枚で交換される白金貨や、その白金貨100枚で交換されるミスリル貨ってのがあるそうだけど、その二つは貴族や商人が大きな取引に使うくらいで普通は目にする事がないから覚えておくだけでいいみたい。

あとね、どうやらお父さんが話してくれた物の値段の例からすると、日本円にして1セントが10円前後、金貨1枚である1万セントが10万円くらいってとこかな？　品物によって多少価値に違いはあるみたいだけど、大体そんな風に考えておけば大きくは間違えないっぽいね。

「それとルディーンが普段食べているホーンラビットの肉の串だと銀貨3枚くらいだな。ただ、これはうちの村では一番手に入りやすいから食べてるだけで、街では高級な部類に入るから特殊な例か。一般的に食べられている乳を出さなくなった牛とか、卵を産まなくなった鳥の串だと鉄貨3～4枚ほどが相場だろう。パンも1食分で大体同じくらいか」

「うさぎのまもののほうが、すごくたかいのか」

なんとなく魔物の肉の方が牛や鳥より安いような気がしてたけど、実は逆らしい。

お金持ちが食べる為にわざわざ落とす若い牛や鳥なら結構な値段がするみたいだけど、普通の人たちが食べるのは家畜として使えなくなったものだから安いんだってさ。

「それに、強い魔物ほど、その肉は旨いから値段も高くなる。前にブラウンボアの肉を食べた事、あるだろ。あれなんか1頭分の肉だけで街で売れば金貨25～26枚にはなるんだぞ」

「あれ、そんなたかいおにくだったの!?」

どうりでブラウンボアをお父さんとお母さんが獲って来た時に、村中がお祭り騒ぎになったわけだ。

でもそんな高い肉、村のみんなで食べちゃってよかったのかなぁ？　そう思って聞いてみたら、

「魔石や牙、それに皮とかの方が高いからいいんだよ。ほれ、後ろに皮が積んであるだろ。あれだけで金貨80枚ほどだからな。それに魔石もブラウンボアにしてはかなりでかかったから多分２００枚くらいで売れるだろう。その上角まで折らずに獲れたからな、祝儀みたいなもんだ」

なんて言われてしまった。

なるほど、そんなに高く売れるのならお肉くらいみんなに振舞っても問題ないよね。

しかし、金貨２００枚で売れるって事は魔石って本当に価値があるんだなぁ。

魔道具を作る練習の為に小さなものを使わせてもらってたけど、もしかしてあれでも結構な値段したりするのかな？　って思って試しに聞いてみたら、

「そうだなぁ、ホーンラビットのは魔道リキッドの材料くらいにしかならないから結構安くて、一つで銀貨40枚くらいか。前にルディーンが小さな魔石で草刈機を作ったろ、あれで金貨４～５枚ってところだ」

「とんでもない、たいきんだった！」

結構どころではない答えが返って来た。

その金額に物凄く驚いているとお父さんは楽しそうに笑いながら、そんなものは作った魔道具からすればたいした金額でもないし、僕が考えている程の事でもないと教えてくれた。

「いやいや、そう思うかもしれないけど魔道具ってのは簡単なものでも金貨数十枚はする。あの台車型草刈機でも、買えば多分金貨80枚以上は取られるだろうな。それが金貨4～5枚の魔石と少しの材料代だけで手に入ったんだから、村の連中もルディーンには感謝してると思うぞ」

なんと、魔道具と言うのは僕が思っていたよりも遥かに高いものらしい。

前に作った台車型草刈機なんてただ刃が回っているだけで速さも変えられないし、刈った草も後で片付けなきゃいけないからそれ程便利でもないんだけどなぁ。

その上刈れる草も庭に生えているやわらかいものだけで、太くて長い草や蔓とかがあれば軸に絡まって止まっちゃうくらい力も弱いのに、そんなものが金貨80枚もするなんてびっくりだよ。

「それにな、お前が腰に下げてるショートソードだってそこらにあるような二級品じゃなく、魔物相手でも戦える上質な鋼を使って腕のいい武器鍛冶が鍛えた品物だから金貨80枚もするんだぞ。そこからでも解る通り、確かに金額だけ見れば金貨数枚と言うのは大金に聞こえるかも知れないが普通に使う程度の金でもあるんだから、お前が気にする程の事じゃない」

なるほど、他に基準が無かったから前世のお金の価値観だけで考えたけど、そんなに単純な事じゃなかったみたいだ。

そういえばドラゴン&マジック・オンラインでも武器は一番安い棍棒だって金貨20枚もしてたし、この世界は普段の食べ物や着るものにはそれ程お金は掛からないのかもしれない。

そっか、必要なものにはお金を惜しみなく使うほうが常識的な考え方なのかもしれないね。

「後は将来への投資という意味もあるかな。ルディーンは確かに狩りの腕はいいが、だからといって村に残って狩人にならなければいけないという訳じゃない。魔道具作りもできるのだから、もしかするとその腕を伸ばしてそっち方面に進んだほうが幸せかもしれないからな。子供の才能を伸ばしてやるのも親の務めなんだから、これからも遠慮する事はない。俺やお母さんが狩った獲物から取れた魔石なら別に金がかかるわけじゃないんだから、これからもどんどん使って新しいものに挑戦すればいい」

そういうと、お父さんは笑いながら僕の頭を優しくなでてくれた。

「それに、お金が稼げるからと言っても別に魔道具職人になる必要もなければ、怖いのに無理をして狩人になる必要も無い。そう言えばルディーンは回復魔法も使えるんだったな。ならそれをもっと練習して人を癒す仕事をしてもいい。お前の未来には無限の可能性があるんだ。これからも色々な事を経験して、自分の好きな道を選べばいい。お父さんやお母さんはその手助けをする為なら、多少の出費くらいならなんとも思わないから、これからも甘えていいんだぞ」

「うん。ぼく、これからもいろいろおぼえて、しょうらいはおとうさんとおかあさんをおかねもちにしてあげるね」

将来のことなんて僕には解らない。

でも、期待をして手助けをしてくれるお父さんたちがいるんだから、出来る限り頑張ろう。

馬車に揺られながら、僕はそう強く思うのだった。

グランリルの村を出発して、途中で休憩を挟みながら馬車に揺られる事5時間とちょっと。

街道の長い上り坂を越えて丘の頂上までたどり着き、一気に前方の視界が開けた事によって目的地である衛星都市イーノックカウが僕たちの前にその姿を現した。

アトルナジア帝国の東の端にあるにもかかわらず、この都市にはなんと四万人以上の人が暮らしている。

日本人の感覚だと四万人というとなんとなく少なく聞こえるかもしれないけど、安全な日本と違って魔物や魔族という脅威が存在するこの世界では国の人口そのものが全然違うのだから比べる以前の問題なんだ。

この大陸の中で最大と言われる帝国でも全人口は二百万人もいなくって、その首都である帝都でも住んでいるのが十万人くらいだって聞けば、この都市は地方なのにすっごく多くの人たちが暮らしているんだって解るよね。

丘の上から見えるイーノックカウは、街の中が二重の大きな壁で仕切られていたんだよ。

都市の真ん中、少し高くなっている辺りは領主様が住んでいるとこなのかな？

パッと見砦かと思うような大きな庭付きの建物が建っていて、その周りをお屋敷ばかりの街並みが広がっている。

そしてそれを囲むように内壁があり、その外側は東西南北にある門から延びる大通りで四つに区分けされて色々な形の建物が並んでいるんだ。

また、他にもここからでは遠くて何に使われているのかよく解らない鉄柵で囲まれた大きな空き地のような場所や全体に張り巡らされた水路、それに大きな公園みたいな物もあるんだ。

いろいろなものがあるその光景はまさに大都会。

僕たちが住んでいるグランリルとは全然違う、とても華やかな場所のように僕には見えたんだ。

「どうだ、イーノックカウは。でかいだろう」

「うん、ぼく、こんないっぱいのおうち、はじめてみたよ」

初めて見る大都市に圧倒されていた僕は、そこにしか目が行っていなかった。

だからかな？　お父さんに街ばかりじゃなく、ここから見えるその他の場所もよく見ておきなさいって優しく注意される。

「ルディーン。初めて見る大都市に目を引かれるのは仕方がないが、今のように新しい場所を訪れてそこを見渡す事ができる高台に登ったのなら、その周りの景色にも目を向けた方がいいんだぞ。このような辺境ではあまり心配する必要も無いかもしれないが、将来どこか別の場所を訪れたりした時、何かの事件や厄介事に巻き込まれるなんて事もあるだろう。その場合、周辺の地形が解っていなかったと言う理由で生死を別けるなんて事も有り得るからな」

「まわりのけしき？」

「そうだ。例えばどこか国境近くに行ったとしよう。そこにいる時に隣国が戦争を仕掛けてきたとしたらどうだ？　周りの地理を知らなければ、どの方向に逃げればいいか解らないだろう？　あとこれは極端な例だけど、森の中のように見晴らしの悪い場所で魔物の大量発生が起こった時でも、その周辺の地形が頭に入っていれば、それが次にどのように動けばいいのかを判断する材料になる。どうだルディーン、周辺の地形や情報と言うのは大事だろ？」

その話を聞いて、僕は初めてイーノックカウの周りを見たんだよ。するとなんで今までこれが目に入らなかったんだろう？　って言うほど綺麗な景色が広がっていたんだ。

外壁の周りは農業地帯になっているみたいで、主に麦を作っているのかな？　広大な畑が広がっていて、牛や馬、そしてそれを使う人々が忙しそうに働いていた。

それに都市の東側に見えるのは牧場かな？　赤く塗られた屋根の大きな平屋の建物と柵、そして遠くてはっきりとは解らないけど、なんか動物がいっぱい動いているのがここからでも解る。

そんな人が生活している場所とは対照的に、イーノックカウの北側には大きな川が流れていて、そのゆるやかな流れにお日様の光が反射してキラキラ光っているんだよね。

その先を少し行ったところからは見渡す限りの樹海が広がっていて、大自然が生んだ濃い緑色の絨毯が僕にはまるでここは人が入ってきてはダメな場所なんだよって言ってるように思えたんだ。

「きれいなとこだね。でもこんなにきれいなばしょなのに、どうしてあんながんじょうなかべがあるんだろう？」

「おっ、早速ひとつ気が付いたな。何故だと思う？」

そう聞き返されて、僕は周りの景色に何かヒントがないかと思ってもう一度周りを見ると、ある考えが浮かんだんだ。

「もしかして、まもの？　あのおおきなもりにも、まものがいるの？」

「ああそうだ。あの頑丈な壁は魔物からイーノックカウを守る為に存在するんだ。ただあの森に魔物がいるのかと問われれば、居ると言えば居るし、居ないと言えば居ないとしか答えられないなぁ」

なんかお父さんから、よく解らない答えが返ってきた。

それはどういう意味なんだろう？　魔力溜まりがあるのなら魔物が居るだろうし、それならあんな近くに森があるのだからあれだけ頑丈な壁を作っているのも解るよね。

あっ、でもそれだと外にある畑や牧場の周りも壁で囲わないと危ないいんじゃないかな？　という事は居ないって事？

何を言われたのか解らない僕がぽかんと言う顔をしていると、お父さんがさっきの言葉の意味を説明してくれたんだ。

「あれほど大きな樹海だから、あの中には当然魔力溜まりがある。前にも話したけど、動物が住みやすい場所には魔力溜まりが発生しやすいからな。だけどその魔力溜まりは樹海のかなり奥の方にあるらしくて、外周部分に居る動物が魔物に変異する事はないんだ」

「ああ、だからまものはいるけど、いないっていったんだね」

さっきのあれは多分、奥へ行けば居るけど外周部には居ないという意味なんだろう。

「ルディーンは賢いな。その通りだ。ただな、魔物の行動範囲は広いから少ないとは言っても森の外周部で出会うこともあるし、数こそ少ないが森の外まで出てくることもある。それにグランリルの近くの森と違ってこの樹海には亜人も住んでいるんだ。その中でもゴブリンとかコボルトは厄介でな、奴らは小さな体を利用して物陰から襲ってくる。ただ、危険な存在だからこそ冒険者には見かけたら必ず狩るようにと常時依頼が出てるし、奴らも外周部まで来れば狩られる事が解っているから、魔物と違ってそう簡単には姿を現さないがな」

ゴブリンやコボルト、この世界にもやっぱり居るのか。

グランリルの村周辺には亜人どころかエルフやドワーフも居なかったから、その手の生き物は居ないのかも？　なんて思ってたけど、という事はオークとかオーガも居るのかなぁ？　もしかしてドラゴンとかも？　あっ、でもドラゴンが居たとしても出会いたくないなぁ、食べられちゃいそうだし。

そんな僕の馬鹿な想像をよそに、お父さんの話は佳境に入っていく。

「とまぁ、そんな亜人や魔物対策であの壁は存在するんだけど、実際の所それ程心配する必要も無いんだ。あの川が森と人の生活空間とを仕切っているおかげで、たとえ少しばかりの魔物たちが森の外に出てきたとしても街まで来る事はないし、万が一魔物の大量発生が起こって森からあふれ出したとしても、あの川にかかっている橋を落としたり、そこまでしなくてもいいくらいの数ならその橋で待ち構えて討伐すれば事足りる。あくまで念の為だな、あの壁があるのは」

「そうか。だから、はたけにはさくがなくてもいいんだね」

あの川が天然のお堀になって魔物が来るのを防いでるのか。

この都市がここにできたのはあの大きな川のおかげで生活や農作業に絶対必要な水を得ることができて、危険だけど恵みも多い森との共存ができるからなんだろうなぁ。

だからこそ、こんな辺境なのに多くの人たちがこのイーノックカウに住んでいるのだろう。

この場所に最初に目をつけて街を作ろうとした人は、きっとそこまで考えていたんだと思う。

目の前に広がる景色を見ながら、僕はそんな人の知恵と言うものにちょっと感動したんだ。


丘を下り、目の前に広がる大きな畑を越えて僕たちは、やっとイーノックカウの西門へとたどり着いた。

そこには街に入るための順番待ちの列ができていたんだけど、時間が中途半端だったからかそれ程待たされることなく僕たちの番がやってきた。

「グランリルの村からですね。身分証明ができるものの提示を。ああ、冒険者カードですね。はい結構です。では入街税一人50セント、二人で銀貨1枚です。はい、確かに」

多くの人を捌かなければいけないからなのか、流れるような手際で入街検査は終わり、お金を払うことで僕たちは衛星都市イーノックカウに入る事ができた。

でもその時に一つ気になる事があったので、僕はお父さんに聞いてみたんだ。

「ねえおとうさん。まちにはいるときのおかね、ひとり50セントっていったのに、あのひとはなんで、はらうときはぎんかのまいすうをいったの？」

「ああそれはな、計算ができる人が少ないからだ」

お父さんの話によると、この街に来る商人以外の人たちは簡単な足し算でもできる人があまり多くないらしくて、もしセントで言うと払う方がどれだけのお金を出せばいいのか解らなくなる事があるらしい。

そうなると一人ひとりの対応に手間取って外門が閉じる時間近くだと手続きができずに街に入れないなんて人が出てきたり、朝夕の通行する人が一番多くなる時間帯だと検査待ちの列が長くなりすぎちゃうから、どのお金を何枚って言い方をするんだってさ。

「街では入場時だけじゃなく、買い物も基本的には貨幣の枚数で表すのが普通だな。セントと言う単位で取引してるのはたぶん商人くらいだろう」

確かにほとんどの人が単純な計算もできないのなら、セントよりどのお金を何枚って言う書き方の方が断然早いし簡単だ。

ただできる方からすると、セントで書いてくれた方が計算が楽なんだけどなぁ、なんて思うんだけどね。

こんなお話をしながら、僕たちは街の中を馬車で移動する。

目指しているのは北門の近くにあると言う冒険者ギルドだ。

「ギルドについたら、ぼくのとうろくをするんだよね？」

「いや名前を書くだけで終わるG級ならともかく、ルディーンはF級登録だから時間も掛かるし、今日はもう夕方だからそれはまた明日だ」

なんと、今冒険者ギルドに向かっているのは僕の登録の為じゃないらしい。

じゃあ、なんで今向かっているんだろう？　そう思って聞いてみると。

「積んできた荷物を冒険者ギルドに売ってしまわないと。これらを積んだままにしておいたら宿に泊まることもできないからな」

と、少し考えれば当たり前な答えが返ってきた。

確かにこの馬車にはかなりの大金になる物が一杯積まれているんだから、このまま宿の馬車置き場に置いておく訳にはいかないよね。


という訳で、やって来ました冒険者ギルド。

とはいっても目的地はギルド正面入り口じゃないみたいで、なんとお父さんはその入り口の前を素通りして馬車をその先に進めたんだ。

「どこいくの？　ギルドってここだよね？」

「ああそうだ。だけどな、魔石とかの小さなものならギルドのカウンターでも買い取りしてもいいだろうけど、倒したばかりで血まみれだったり、たとえそうじゃなくても解体前の大きな魔物とかまでカウンターに持ち込まれたらギルドとしても困るだろ？　だから買取は普通、裏側でしてもらうんだよ」

なるほど、どうやら魔物の買取は専用の窓口が冒険者ギルドの裏側にあるらしくて、お父さんはそこを目指して馬車を進めているみたいなんだ。

そして馬車は僕の想像通り、冒険者ギルドの大きな建物をぐるっと回って裏側にある倉庫のような場所へと入っていった。

するとギルドの職員なのかな？　制服のような物を着て、手に何やら板と筆記用具を持った女の人が馬車の方へと歩いてきた。

そして、どうやらこの人とお父さんは顔見知りだったようで、近づいてくる女の人に向かってお父さんは馬車から降りると自分の方から先に声をかけたんだ。

「ニールンドさん、こんにちは。村で取れた素材の買取をお願いします。後こいつは俺の息子で」

「ルディーンです。8さいです。よろしくおねがいします」

お父さんに続いて、僕もお姉さんにご挨拶。

「こんにちは、ルディーン君。ナディア・ニールンドです。こちらこそよろしくね」

するとお姉さんも僕に向かって微笑みかけながら挨拶をしてくれたんだ。

このナディア・ニールンドさんは金髪でレイヤーの入ったシャギーカットのショートカットと人懐っこそうな大きな青い瞳が特徴的なお姉さんで、歳は20歳くらいかなぁ？　僕の予想通り冒険者ギルドの買取係をやってる人みたい。

とてもニコニコしていて優しそうな人なんだけど、お父さんが言うには結構シビアな人らしい。

「ああ見えて、買取査定には結構厳しいんだぞ。毛皮とかも、傷が大きかったりしたらかなり買い叩かれるしな」

まぁ、冒険者ギルドに素材を売りに来るような人を相手にしているんだから、それくらい気が強くないとやっていけないんだろうね。

挨拶が済んだ後はニールンドさんの仕事を見るくらいしかやる事がなくなる。

だって荷を下ろす仕事はギルドの男の人が全部やっちゃうし、お父さんは僕の相手をしているわけにはいかないからね。

ただそんな光景を見ているうちに、僕はある事に気が付く。

それは僕にとって見過ごせない、いや聞き過ごせないと言った方がいいかな？　そんな内容だった。

「カールフェルトさん、これは何の毛皮ですか？」

「ああ、これはファング・ラッドですね。灰色が濃いから上位の魔物に変異する手前だったのでしょう」

「カールフェルトさん、この魔石ですが……」

「カールフェルトさん、……」

もう我慢できなかった。

「ちがうよ！」

「えっ？」

僕はニールンドさんに近づき、彼女の上着の裾を引っ張ってこちらに注意を向けてからそう言ったんだ。

「どうしたの、ルディーン君？」

「おとうさんのなまえは、かーるふぇるとじゃなくて、はんすだよ！　まちがえちゃだめ！」

誰かと間違えているのか、ニールンドさんはお父さんの事をカールフェルトさんって呼んでるんだもん。

お父さんは別に名前が違っても買い取り価格が変わらなければいいと思ったのか全然気にしてないみたいだけど、僕にはそれがどうにも我慢できなかった。

だからお仕事の邪魔になるのは解っているけど、注意しなきゃって思ったんだ。

でもね。

「えっと、カールフェルトさん。ルディーン君は一体何を？」

「ああ、それはその……あはははは」

ニールンドさんは何を言われているのかが解らないのか、お父さんに向かって僕が何の事を言っているのかと聞いているし、お父さんも何やら気まずい顔をして笑うだけ。

そんな二人を見て僕はちゃんと解るように説明しなくちゃって思って、きちんと言いなおしたんだ。

「だから！　ぼくのおとうさんのなまえは、はんすなの。かーるふぇるとってひとじゃなくて、はんす！　まちがえちゃだめ」

ここまで言えばニールンドさんにもちゃんと伝わるよね。

そう思った僕は彼女がお父さんに謝ってくれると、この時は思っていた。

でもそうじゃなかったんだ。

「カールフェルトさん、もしかして……」

「……」

びっくりしたお顔をしてお父さんを見つめるニールンドさんと、無言で目をそらすお父さん。

予想外の展開に僕は何が何やら解らず、心配になってお父さんの袖の端を摑んだ。

「おとうさん、どうしたの？　おとうさんのなまえは、はんすだよね？　ぼく、まちがってないよね？」

そしてそうお父さんに確認したんだ。

ところが、その質問に答えを返してくれたのはお父さんじゃなかった。

「ええそうよ。ルディーン君のお父さんの名前は間違いなく『ハンス・カールフェルト』さんよ」

「えっ？」

僕は何を言われたのか一瞬解らなかった。

ハンス・カールフェルト？　カールフェルトって何？　お父さんの名前の後ろになんでそんなのが付いてるの？

「カールフェルトさん、まさかとは思いますが、ルディーン君に自分のファミリーネームを教えていないなんて事はないですよね？」

「えっと……グランリルの村では使わないし、ルディーンはまだ8歳でイーノックカウにつれてくるのはまだ先だと最近まで考えていたもので、つい言いそびれてましして」

「あきれた！　自分のフルネームですよ。言葉が話せるようになった時点で教えるのが当たり前でしょう！」

非常識にもほどがあると叱りつけるニールンドさんと、そんな彼女を前に小さくなるお父さん。

そんな二人の姿を見比べて、僕はなんとなく今の状況が飲み込めてきた。

そしてそれを確認する為に、こっそりと自分のステータスを開く。

するとその名前の欄には、ルディーン・カールフェルトと書かれていた。

この時初めて僕は自分にファミリーネームがあるんだと知ったんだ。


お名前もそうだけど、僕にはもう一個不思議に思える事があったんだ。

それは何故昨日までステータス画面を開いてもファミリーネームが書かれていなかったのかと言う事。

ドラゴン＆マジック・オンラインでは人のステータスを見ると、そこにはちゃんと名前も表示されていた。だからここに書かれている名前は本名であり、フルネームだと思っていたんだ。

ところが改めてお父さんのステータスを確認すると、僕と同じ様にハンス・カールフェルトとファミリーネームが追加されている。

これには何が何やらさっぱり解らなくて、それなら名前を知らない人を見たらどうなるんだろうと思って近くにいる冒険者ギルドの人の名前を確認してみると、名前の欄には？？？？とハテナマークが並んでたんだよね。

これってどういう事なんだろう？　もしかしてステータス画面を見る能力だけ、この世界に来ておかしくなっちゃったとか？　なんて考えたんだけど、でもそんな事があるのかなぁ？

攻撃力や魔法の威力だけじゃなく、ゲームの中では使えなかった設定魔法でさえこの世界では普通に使えるようになっているのに。

「お……」

「ね……」

そう思った僕は何か他に原因があるんじゃないかと考える。

するとある考えが頭に浮かんだんだ。

そう言えば、ゲーム時代ってキャラ名が頭の上に書かれてたよね？

そうだ！　ドラゴン&マジック・オンラインではステータスを見なくても、プレイヤーやＮＰＣの名前は全て確認できていたんだっけ。

それにゲーム内ではムービーなどでまだ正体がなぞの存在の名前は？？？と表記されていたはずだ。

って事は知らない名前の場合は、ステータスを見ただけでは解らないって事なのか。

よくよく考えれば名前と言うのは誰かが後から付けたものであって、その人の能力とはまるで関係ないんだよね。

だから相手のステータスを調べるこの方法では解らないというのも当然なんだろう。

「どうし……」

「大丈夫、ルディ……」

そう考えると、名前が解らないと？？？としか表記されないというのも納得できるよね。

盗賊のスキルである鑑定解析だって、魔物のスキルや攻撃方法は解るけど名前までは解らないもん。

ホーンラビットみたいな動物の魔物ならともかく、言葉を喋るゴブリンやオークにも名前が無いなんて事はありえないから、きっとスキルじゃ名前までは解らないんじゃないかな。

そう僕が結論付けた時だった。

がばっ！

いきなり肩をつかまれて、僕の小さな体はその力に逆らえずに倒れちゃいそうになる。

危ない！　そう思って慌てて体勢を立て直そうとしたんだけど、でも次の瞬間、その必要はないって解ったんだ。

何でかって言うと僕の肩をつかんだのはお父さんであり、僕の両肩をしっかりと押さえて倒れ掛かった体を支えてくれていたのだから。

「おい、しっかりしろ、ルディーン！　大丈夫か？」

「ルディーン君。ショックなのは解るけど、気をしっかり持つのよ」

どうやら僕はステータスの事を考えてたせいで周りの声が全然聞こえなくなっていたみたい。

その様子を見た二人は僕がファミリーネームの話を聞いたショックでどうにかなってしまったんじゃないかと思ったんだって。

それで声をかけ続けていたんだけど、それでも僕が一向に元に戻らないから両肩をつかむという強硬手段に出たそうなんだ。

「あっうん、なに？　ぼくはだいじょうぶだよ」

流石にステータスの事を考えてたなんて言えないから、とりあえずにっこりして大丈夫だよって二人に伝える。

そんな僕の様子を見て、心底ホッとしたという顔をするお父さんとニールンドさん。

どうやら僕の様子は傍から見ると本当におかしかったみたいで、二人で何度も声を掛けても心ここにあらずと言った具合に、反応すらしなかったそうな。

「本当に大丈夫か？」

「そうよ。ショックだったんでしょ？　無理してない？　我慢しなくていいのよ」

そりゃ、子供がいきなりそんな状態になったら、心配するよね。それもそうなる理由があったのなら余計に。

という訳でちょっと反省。

「ほら、だいじょうぶだよ！　ぼくのおなまえがルディーンだけじゃなかったなんて、ちょっとびっくりしたけど」

普通に返事をするようになってもまだ少し心配そうにしている二人に、僕は本当に大丈夫だって両手を振り上げてアピールする。

精神的ショックに体の動きは関係ないから意味ないかもしれないけど、他に表現しようがないのでしかたがないよね。

　ただ無理をしているかはともかく、僕が一生懸命大丈夫だとアピールしているのが伝わったのか二人とも取りあえず安心はしてくれたみたい。

　でも、流石に悪いと思ったのか。

「ルディーン、ごめんな。お父さんが悪かった。どこか行きたいところや、何か欲しい物はないか？　お詫びにどこでも連れて行ってやるし、なんでも買ってやるぞ」

　って、お父さんが言いだしたんだ。

　僕としてはさっきまで何の反応もしなかったのはお父さんのせいじゃないからそこまで謝ってくれなくてもいいのにって思うんだけど、これもせっかくのチャンスだし、何よりここで何も言わないとかえって心配しちゃうかもしれないから、ちょっとした我儘を言ってみる事にしたんだ。

「それならねぇ、ぼく、ほんやさんにいってみたい！　むらにあるほんよりくわしくかいてある、まどうぐのほんがほしいんだ」

「魔道具か、そう言えば前にもそんな事を言っていたな。よし解った。ルディーンの将来の為にもなるだろうから、お詫びに買ってやるよ」

「やったぁ！」

　魔道具の上級本はたぶんとってもたかいでしょ？

　だから無理だろうなぁって思ってたのに、なんと買ってもらえる事になったんだ。

　魔道具作りの核である魔力回路図の事が詳しく書いてある本が手に入ればもっと難しい魔道具も

作れるようになるし、何より魔力を属性変換する回路を組み込めば無属性の魔石でも滅多に手に入らない属性魔石の代わりになる。

まぁ買ってもらったとしてもすぐに使いこなすのは無理だろうけど、本が手に入るのならお家でいつでも読む事ができるようになるもん。

ちゃんとお勉強して、いつかは魔道コンロとかも作れるようになりたいね。

思ってもいなかった幸運に両手をあげてぴょんぴょんと飛び跳ねながら喜んでいたんだけど、そんな僕を見たニールンドさんが、

「えっ？　ルディーン君、まさか魔道具が作れるの？　いや、そんなまさかねぇ」

なんて言いながら、信じられない事を聞いてったお顔でびっくりしてる。

そんなにびっくりする事かなぁ？　だって魔道具なんて魔法が使えれば誰でも作れるって本に書いてあったし、キャリーナ姉ちゃんでも一番簡単な風車を回す魔道具なら作れたもん。

別に珍しくもないでしょ。

あっ、もしかして僕がまだ小さいから、驚いているのかな？

「ん、なんで？　つくれるよ。ね、おとうさん」

「ああ、確かに作れるな。庭の手入れに使ってる道具なんか皆が羨ましがったから、村中のを作ったものな」

「嘘、じゃあルディーン君、本当に？」

「うそじゃないよ！　ほんとにつくれるもん！　それにぼくだけじゃなくて、キャリーナねえちゃ

んだってつくれるんだよ」

お父さんも作れるって言ってくれたのに、ニールンドさんが信じてくれないようだったので僕はお姉ちゃんも作れるよって言ってやった。

すると本当にびっくりしたみたいで、彼女はお父さんに聞いたんだよ。

「カールフェルトさん、まさかルディーン君だけじゃなくて他にも魔道具を作れる子がいるんですか？」

「ん？　ああ、前に一番下の娘を連れてきた事があっただろう。あれも簡単な治癒魔法なら使えるからな。ただ、ルディーンと違って、魔道具には興味ないみたいだけど」

そんなお父さんの言葉にニールンドさんは絶句していた。

う～ん、あの様子からすると、ちっちゃな子が魔道具を作れるというのは本当にびっくりする事なのかもしれない。

でもなぁ、僕だけじゃなくお姉ちゃんもそうだったように魔法は魔力を動かす訓練をすれば誰でも簡単に使えるようになるでしょ。

それができたら誰でも魔道具は作れるって本に書いてあったから、こんな大きな街なら作れる子供、いっぱい居そうなんだけどなぁ。

それともグランリルの村が田舎だからだろうか？　そう言えばうちの村では大人でも文字をあまり読めない人がいるんだっけ。

お兄ちゃんやお姉ちゃんも自分の名前が書ける程度だし、お父さんやお母さんも僕みたいには本、すらすら読めないんだよなぁ。

ニールンドさんがもしその事を知っていたのなら驚いてもおかしくないかも。

それなら僕かキャリーナ姉ちゃんのどっちかが本を読んで一人で魔法を使えるようになって、更に魔道具を作れるようになったって事だもん。

その条件なら、もしかしたらこんな街に住んでいる人にとっても凄い事なのかもしれないね。

お父さんから話を聞いてショックを受けたのか、ふらふらと冒険者ギルドの窓口の方へと歩いて行くニールンドさんの後姿を見ながら、僕はそんな事を考えていたんだ。

6 ヒュランデル書店

「ルディーン、ここがグランリルの村のもんがイーノックカウに来た時に泊まる定宿、『若葉の風亭』だ」

「はぁ～、おおきなやどやさんだねぇ」

僕たちは本屋に行く前に馬車を預けなきゃダメだから、冒険者ギルドを出た後、うちの村の人たちがいつも泊まるという宿屋さんに来たんだ。

そこはイーノックカウの真ん中にある内壁に近い大通りに面した場所にあって、その周辺は色々な店舗が並んでる一等地。

そんな場所にある宿屋『若葉の風亭』は3階建ての木造で、壁全体が木彫り細工で飾られたその姿は豪華さの中に安らぎとぬくもりを感じさせる建物だった。

宿の入り口に馬車を横付けすると門の前にいた制服らしきものに身を包んだ男の人がすぐに駆け寄ってきて丁寧にお辞儀した後、今日はどのような用件かとお父さんに聞いてきたんだ。

「グランリルの村の方ですね。いつもご利用ありがとうございます。本日のご予約はお済みですか？」

「いや、まだだ。俺と息子の二人一部屋、二泊でお願いしたい」

「畏まりました。馬車は此方でお預かりしますから、手荷物と貴重品だけお持ちになって、中のフロントまでお進み下さい」

馬車を覚えられているのかお父さんの顔を覚えられているのか、宿の人はお父さんに愛想よく話しかけてこんなやり取りをしたんだ。

でね、門の横に居たもう一人に何かを伝えると、その人は宿の中へ。そして自分は馬車をお父さんから受け取り移動させていった。

「おとうさん、ここのひとっておきゃくさんのかお、みんなおぼえてるのかな？」

「どうだろうな。まぁ、うちの村に関してはよく泊まりに来る上にいつも同じ馬車だから、それを覚えられているんじゃないか？　もしお父さんの顔を覚えているのなら、名前で呼ぶだろ」

「そっかぁ」

どうやらお父さんの顔を覚えているわけではないらしい。

お父さんが有名なのかなぁってちょっと期待した分だけ残念な気分になりながら、僕たちは腰に剣を帯びた皮鎧を着た門番らしき人の開けてくれたドアをくぐって宿の中へ入って行く。

するとそこは豪華な外観と違って、壁も天井もシックな色合いで統一された落ち着いた空間。

さらに床に敷かれた絨毯も色味を抑えたワインレッドを基調とした物を使う事によって、空間全体がゆったりと寛げる雰囲気に包まれていたんだ。

その中をキョロキョロと見回しながら、僕はトコトコとお父さんに付いていく。

フロントのカウンターに着くと、そこにいた制服の男の人がにっこり笑ってからお父さんに頭を下げたんだ。

「カールフェルト様ですね。いつもご利用、ありがとうございます。本日は二泊と承っておりますが、お間違いありませんか？」

「ああ。俺と息子、二人一部屋で頼む」

「畏まりました。ではいつものランクのお部屋を朝夕の食事つきで二泊、二名様合計で銀貨48枚でございます」

銀貨48枚って事は４８００セントだから一人一泊１２００セント、大体1万２０００円くらいかな。

大人でも子供でも関係なく、一部屋いくらなのかな？　ラノベとかで冒険者が泊まる宿のイメージからするとかなり高い気もするけど、前の世界にあった大都市のホテル代ってこれくらいだったような気がするから案外こんなもんなのかも？

周りを見た感じ冒険者らしき人はいなそうではあるけど、ロビーには魔道ランプとかも使われていないし全体の雰囲気も最高級って感じがしないから、これがこの世界で普通の旅行者が泊まるランクの宿なのかもしれないね。

ただ外に居る人と違ってフロントの人はちゃんとお父さんの顔を覚えていたところを見ると、もしかすると高い宿屋さんなのかもしれないけど。

チェックイン手続きを済ませた後、ボーイさんの案内で3階にある客室の中に入ると、そこにはベッドが二つ並んでいて窓際にはテーブルセットが。

　そしてなんと。

「大浴場は1階フロント奥にある階段を降りた先になっております。時間指定は特になく、魔道ボイラーで常に給湯してのかけ流しですから、いつでもお好きな時間にご利用ください」

　大浴場まであるよ、この宿屋さん。

　あ〜いや別にこの世界ではお風呂はそれ程珍しいものじゃないらしくて、うちの村にも共同だけど給水の魔道具と魔道ボイラーを使った浴場はあるんだよ。だけどラノベのイメージでさ、お風呂があるって聞くとなんとなく高級な気がするんだよね。

　だからちょっと興奮したんだけど、でも部屋にお風呂がついていたのならともかく、大浴場があるというだけなら普通は驚かないのかもしれない。

　ただね、一つだけすごくびっくりした事があるんだ。

「ここ、水洗だ……」

　なんとこの宿屋さん、お部屋に付いているトイレが日本で言う洋式で、おまけに水洗だったんだ。

　ただ、トイレットペーパーは無くて、村でも使われている草だったのはちょっと残念だった。

　そんな風に部屋を探検していると、お父さんが僕に声を掛けてきたんだ。

「ルディーン、何しているんだ？　本屋へ行くんだろ」

「あっ、うん。いまいくよ」

　馬車での移動だと停める場所を探さないといけないから先に宿に入ったけど、明日は冒険者ギルドで登録をしなきゃダメだし、まだ夕食の時間まで少し時間もあると言う事で僕たちはこの後、おねだりした本屋さんに行くことになっていたんだ。

僕たちが泊まっている『若葉の風亭』は商業区画にあるらしく、その周辺には色々な商会や商店が並んでいる。その中でも特に異彩を放っているのが僕たちが向かった場所である本屋さんだった。

何が異彩を放っているかと言うと、それは外見と雰囲気かな？

建物はとても頑丈そうな石造りな上に全ての窓には鉄格子が、そして門は鉄格子の扉と鋼鉄製の扉の二段構えで、奥の鉄扉からは直径が3センチはあろう鉄の閂《かんぬき》が上下左右の壁に向かってそれぞれ2本ずつ、計8本伸びているという、まるでどこかの砦のような物々しい造りなんだ。

そのうえ扉の前にはブレストプレートとツー・ハンデッドソードで武装した戦士らしき人と、ローブ姿に何やら怪しげな杖を持った魔法使いらしき人が門番として立っているというおまけ付き。

その光景が商店が立ち並ぶこんな街中にあるのだから、いやでも目立っているんだよね。

本屋さんに僕たちが近づいて行くと、戦士風の門番が多分ここで働くようになってから仕込まれた営業スマイルなのだろう、ぎこちなくニカッと笑ってお父さんに挨拶をした。

「いらっしゃいませ。ヒュランデル書店へようこそお越しくださいました。今日はどのような物をお探しで？」

「この子の為に魔道具の本を探しに来た。この店には置いてあるか？」

「はい、もちろんでございます。失礼ですが、身分証明書のようなものはお持ちでしょうか？　ギルドのカードですね。お預かりします。グランリルの村のカールフェルト様。本日は当店のご利用ありがとうございます。では店の者に取り次ぎますので此方で少々お待ちください」

お父さんにカードを返すと門番さんは鉄格子の扉を開き、鋼鉄の扉についている小窓を開いて中に何やら伝えた。すると。

ガチャン。

８本の閂を次々と外して、扉を開いたんだ。

そしてそのまま僕たちのところまで戻ってくると、一度頭を下げてから先ほどと同じ様にニカッと笑顔を作った。

「どうぞ店内にお進みください。ただ一つだけ。防犯の関係上お客様が入店されました後、扉外の閂をかけさせて頂く事になります。これは貴族様でも同様の対応をさせて頂いておりますので、なにとぞご容赦ください」

「ああ、解った」

なるほど、あの閂は盗難防止用なのか。

そう言えばこの世界の本は物凄く高くて宝石や金と同じようなものだから、それくらいの事はしておかないと店を開けないんだろうね。

僕はさっきの疑問の答えが解ったのが嬉しくて、ニコニコしながら本屋さんの中に入っていった。

店内に入るとそこにはたくさんの本が……無かった。

というか僕がイメージする本屋さんですらなかったんだよね、ここ。

そこはまるでホテルのロビーのようで部屋の四隅には花が、壁には絵画が飾られており、窓のそばには客が寛げるようにとソファーのテーブルセットが幾つか置かれている。

　正面には壁の一部をくり貫くようにして作られたカウンターがあってその後ろには幾つか棚が並んでいるものだから、それがまるでコートや手荷物を預かるクロークのように見えて、より一層ホテルのロビーのような印象をこの場所に与えていた。

「いらっしゃいませ、お客様。当店ではマジックバッグの持込が禁止されております。もしお持ちでしたら、此方でお預かりしますが」

「大丈夫だ、そんなものは持っていない」

「失礼しました。では此方へ」

　僕が周りの景色からそんな事を考えていると、いつの間にか近くにいた高そうな服を着た店員さんが、お父さんに確認を取っていた。

　でも、口だけで大丈夫なのかなぁ？　調べないのならたとえ持っていても無いと言ってしまえば解らないから意味がないと思うんだけど。

　って、それよりマジックバッグだよ！　この世界にもあったの？

　ストレージもクローゼットも記憶が戻った時に試してみたけど開く事ができなかったから、てっきりその手の物はこの世界にはないものだと思っていたんだけど。

　ドラゴン＆マジック・オンラインではプレイヤーはキャラ製作時からストレージとクローゼット

と呼ばれる二つのアイテムボックスを持ってたんだ。

クローゼットは装備品を60種類、ストレージも同じく60種類までならどんな大きな物でも入れる事ができる収納空間なんだよ。

それこそ手に入れた土地に建てる事が出来る家でさえ持ち運べたんだけど、ゲームをしているとこれだけでは当然足りなくなってくるんだよね。

だからこの収納を増やすクエストが実装されたんだけど、各自が持っている空間を広げると言うのではストーリーを作るのが難しかったのかな？

その代わりに用意されたのがアイテムボックスと同等の効果を持つマジックバッグを作ってもらえと言うクエスト、カバンクエだった。

このクエストはストレージとクローゼットそれぞれ別に分かれていて、簡単なお使いクエストなのにクリアするとそれぞれ60種類入るページが追加されたんだ。

だからゲーム当時はレベル上限開放同様、プレイヤーは全員が必ずクリアする必須クエストの一つでもあったんだ。


とにかく確かめないと。

もし僕が思っているマジックバッグだとしたら絶対手に入れたいからね。

「おとうさん、マジックバッグってなに？　どんなものなの？」

「ああマジックバッグと言うのはな、一見すると普通のバッグに見えるんだけど、その中にはその外見の数十倍の物が入るという魔道具だ。遥か昔は普通に使われていたらしいけど今では作り方が失伝してしまったらしくてな、王族や貴族、または余程の金持ち以外は持っていない貴重品だな。さっき持っていないか聞かれたけど、否定してもロクに調べもしなかっただろう？　あれは来店した客に気分よくなってもらおうと持っていないのは解っているはずなのに必ず訊ねて、うちの店はどんな客でも王族や貴族と同等の扱いをしていますよってこちらに伝えてる訳だ」

そっか、マジックバッグはこの世界にも存在するけど出回ってないわけね。

その上持っているのが王族とか貴族じゃ、手に入れるのはまず無理、あきらめるしかないか。期待した分だけ残念な気持ちが込み上げて来るけど、こればっかりは仕方がない。

ん？　いや待って。

お父さんはさっき、お金持ちじゃなければと言っていたよね。

なら諦めるのはまだ早いんじゃないかな？

そうだよ、お金で買えるものなんだから、努力次第では僕にでも手に入れる可能性があるってことだよね。

「おとうさん。ぼく、おかねをいっぱいためる！　そしていつかまじっくばっぐをかうんだ！」

目標はでっかく！　初めから無理と決め付けていては何もできないじゃないか。

希望を胸に、そんな事を言いだした僕の頭をお父さんは優しい笑顔でなでてくれたんだ。

「ああ、ルディーンならいつかきっとマジックバッグを手に入れることが出来るよ」

そう言いながら。

決意を胸に、ふんす！　と鼻息も荒く決意表明をしていると、

「あらあら、目標が大きくて勇ましくていいわね。でも、男の子ならそれくらいの気概を持たないといけないわ」

と後ろから、女の人がそう語りかけてきたんだ。

だから僕はその声に答えようとその主の方に振り返ると、そこには丸い大きなメガネをかけたとても綺麗なお姉さんがいた。

お姉さんは優しく微笑みながら、肩にかかった絹糸のような細くて美しいプラチナブロンドの髪をかき上げる。

するとそこに現れたのは長く尖った耳、それはある種族の特徴として広く知られているものだった。

「エルフだ。ぼく、はじめてみた」

「あら、小さいのによく知っているのね。初めて見たと言っているのに解ったという事は、本で読んだのかな？」

「うん。いろいろなものがたりにかいてあったよ」

実際は前世で読んだラノベのおかげで知っていたんだけど、物語には違いないから嘘は言っていない。

ただこの世界の本を読んだ訳じゃないから、エルフと言うものの生態が僕の知っている通りかは解らないんだけどね。

「おねえさんも、ほんをかいにきたおきゃくさん？」

「いいえ、私はこの本屋の主よ。今日はご利用ありがとうございます、小さなお客様」

なんと、このエルフのお姉さんはこの店の主人だった。

それを聞いて僕はびっくりする。

だってこの本屋さんって、店員さんはみんな制服を着ているのに、このエルフのお姉さんはこの街でよく見かけるような服を着ていたからだ。

「あるじってことは、このおみせをやってるひとだよね？　なんでせいふく、きてないの？」

「ああそれはね、私は普段ここに居ないからよ。今日はたまたま店に居たんだけど、珍しく小さなお客さんが来店してくれたから声を掛けたのよ。坊やはどんな本をお探しかな？　やっぱり勇者の物語かな。あれ、人気あるし」

「ううん、ちがうよ。それはこのあいだむらのとしょかんでよんだもん。きょうここにきたのはね、おとうさんにまどうぐのほんをかってもらうんだ！」

「へぇ、その歳で魔道具の作成を。勉強家なんですね」

エルフのお姉さんは話を聞いて、僕の頭をなでながら褒めてくれた。

勉強家って訳じゃないんだけどなぁなんて思いながらも、褒められた事自体は嬉しかったので僕はエッヘン！　って胸を張ったんだよ。

そしたらお姉さんはそんな僕ににっこりと微笑んでから、今度はお父さんに声を掛けたんだ。

「この子の親御さんですね。魔道具の本をお探しとの事ですが、一番初歩の解説本をお求めでしょ

うか？」

「あ～初歩と言うと、魔道具を作った事がない子供向けの本の事だろうか？　それならばルディーンはすでにその辺りは卒業している。こいつが求めてるのはその先の知識を得られる本だろう」

お父さんの説明を聞いたエルフのお姉さんは少し考えるような顔をした後、こう言って僕たちを来客用のソファーつきテーブルセットに案内したんだよ。

「お話は承りました。上の階の書庫からお持ちしますので、どうぞ此方へ」

そしてにっこり笑った後にカウンターまで行って男の人からファイルのようなものを受け取ると、ぱらぱらとめくった後でこう指示したんだ。

「君、書庫からこれとこれを持ってきて頂戴。あっ待って、念のためこれもお願い」

どうやらこのお姉さん、店員さんに任せずに自分で僕たちを担当するつもりみたいだね。

普通なら飲み物でも出されそうな雰囲気ではあるけどここは本屋、もしこぼしちゃったりしたら大惨事だ。

だから特に何が出てくるわけでもなく、僕たちはソファーに座りながらエルフのお姉さんが帰ってくるのをぼ～っと待ってたんだ。


しばらくして、ワゴンに幾つかの本を積んだお姉さんが僕たちのテーブルまでやってきた。

そしてそのワゴンから一冊の本を取り、僕たちの向かい側のソファーに腰掛ける。

「一番基礎の解説本をすでに読まれていると言う事なので、こちらなどどうでしょう？　中級とまではいきませんが、少し難しいものの作り方が載っています」

そう言ってお姉さんはお父さんに本を差し出したんだけど、それを見たお父さんはその状況に困った顔をする。

「あ〜すまない。俺は魔法とか魔道具に関してはまったく解らないんだ」

「えっ？　それではご子息は独学で魔道具作成を？」

流石に僕が一人で本を読んで魔道具を作ったというのには驚いたみたいなんだ。

何せこの世界は識字率が低くて、大人でも名前が書ける程度の人がほとんどで本を読める人となると本当に一握りの人だけなんだって。

それだけに僕が普通の物語ならともかく、専門書とも言える魔道具の作り方が書かれた本を読んで作成までこぎつけたなんて想像もしていなかったんだろうね。

「うん。むらのとしょかんにまどうぐのほんがあったから、よんでつくったんだ。それでね、おもしろかったから、もっとすごいのをつくりたいなぁっておもったの」

「そっ、そうなの。なら、えっと、ルディーン君だっけ？　この本はどうかしら」

そう言うと、お姉さんはさっきお父さんに差し出した本を僕に手渡した。

そこで、ペラペラと捲ってみたんだけど……。

「う〜ん、これってせっけいずどおりにつくるほんだよね？　ぼく、まどうリキッドをつかってじゆうしきをかくほうほうのほんがほしいんだ」

「魔道術式ですか？　う〜ん、ルディーン君が読むには難しすぎると思うんだけど」

お姉さんはそう言いながらも、ワゴンから一冊の本を取り出す。

こんな事を言いながらもしっかりと持って来ている所を見ると、将来を見据えて買っておいてはどうかとお父さんに見せるつもりだったのかも。

「これが魔道術式の本です。でも、かなり難しいわよ」

「ちょっとよんでみるね」

難しいと脅されながら手渡された魔道術式の本を開いたんだよ。

そして、その内容を読んで僕は確信したんだ。

魔道術式って、やっぱり回路図だよね。

回転の魔道具の設計図を見た時になんとなく思っていたんだけど、これって前の世界にあった小学校ってところで習う電気の回路図によく似てるんだ。

例えば僕が作ったことがある回転の魔道具だけど、基本は電池の代わりに魔石があってスイッチの記号でＯＮ／ＯＦＦ、そして回転をするという命令を表す記号を組み込めば出来上がる簡単な物だった。

たぶんこれに抵抗を表す記号を加えれば回転速度を変えられるんじゃないかなぁなんて漠然と思っていたんだけど、この本に書かれている内容からするとどうやら本当にその通りだったみたいだね。

その他にも色々な術式記号がこの本に書かれていて、その一個一個に詳しい説明が書いてあったから、これはこれで結構使える本だなぁと僕は思ったんだよ。

でもね、僕としてはどうしても欲しかった内容がこの本には書かれていなかったんだ。

「う～ん、まどうじゅつしきのせっけいずのかきかたはこれでわかるよ。でもさ、なんでこのほんには、ぞくせいのきごうがのってないの？　ひのぞくせいにかえるきごうとかがないと、こんろとかつくれないでしょ？」

そう、この本には無属性の魔石の魔力を火とか水属性に変える属性変換の術式記号が書かれていなかったんだ。

もしかしたらそれはもっと上級の本に書かれている内容で、この設計図の本をある程度使いこなせるようになって初めて進む内容なのかも。

でも自動で切れるタイマーや魔力の強さを変える方法まで載っているのだから、これはちょっとおかしいんだよね。

そう思って聞いてみたんだけど、そんな僕のお話を聞いてエルフのお姉さんは固まっちゃったんだ。

この様子からすると、どうやら僕がこの本を読みさえすれば高度な内容だから諦めるとか考えていたのかも。

まぁ、僕だって前の記憶に電気の回路図なんて物がなければ多分、ぱっと読んだだけでは解らなかったと思う。

でも基本は同じようなものだったし、記号ごとに何を表しているかが解れば僕が知ってる事だけでもある程度のところまではなんとかなりそうなんだよね。

「おねえさん、どうかしたの？」

ただ、あまりに長く放心しているようだったので、僕はエルフのお姉さんに声を掛けた。

そうしないといつまで経っても、僕の求めるものが出てきそうになかったからね。

ビックリしているだけで何かの魔法にかけられたとかではなかったから、お姉さんは僕の問いかけでこっちの世界に帰ってきてくれた。

「えっ？　ああごめんなさい。少し呆けてしまってたわ。ところでルディーン君、この本の内容、解るの？」

「えっ？　うん、わかるよ。たとえばこれ。これってまりょくのちからを、おおきくしたりちいさくしたりするきごうでしょ。これをむらにあるほんにかいてある、かいてんのじゅつしきにかきこめば、かざぐるまのかいてんが、はやくなったりおそくなったりするんだよね？」

聞かれたので、僕は抵抗を表す術式記号のページを指差して説明した。

それを聞いたお姉さんは本当に理解しているという事が解ったらしくて、目を見開いて驚いたんだ。

さっきまではとても綺麗な人だなぁって思ってたんだけど、そんな姿はなんとなく可愛らしかった。

「あ～、本当に解っているみたいですね。少し驚きました。これは魔道学校でも高等部で勉強する内容なのですが、それをこんな小さい子が一目見て理解するなんて……」

えっ？　そんなに難しい内容なの？　そう思ったんだけど、よく考えたら小学校じゃ簡単な回路図しか習わないし、抵抗を使ったのみたいなちょっと難しいのは中学校ってとこに行かないと習わないんだよなぁ。

その知識の応用なんだから高等部で習うって言われたら納得するし、僕みたいな学校に行ってもいない子が理解できるというのは確かにちょっとおかしいのかもしれない。

でもまぁ、理解できていると教えちゃったんだから、それが解っても今更どうしようもないんだけどね。

「そんなに、むつかしいの？　きごうがふえただけで、むらのほんとあまりかわらないのに。きごうのせつめいもていねいだから、ぼくでもわかるんだけどなぁ」

という訳で、こう言っておいた。

「そうなの。ルディーン君は賢いのね」

エルフのお姉さんは小声で何か言った後、なんか納得いかないって顔をしながらも無理やり笑顔を作ってそう言った。

そんな姿を見て、とにかくこの話は納得してもらえたんだろうと、僕は話を戻す事にしたんだ。

だって僕としては、属性変換の記号が一番知りたいからね。

「ところでおねえさん、ぞくせいへんかんのきごうは？　なんでこのほんにはのってないの？　もっとむつかしいほんじゃないとのってない？」

「そういえばそんな事を言っていたわよね。でも何故属性変換の術式記号を知りたいの？　普通に属性魔石を使えばいいだけなのに」

これには流石にビックリ。

だって前にお父さんに聞いたら、属性魔石はとても手に入りにくいって言ってたもん。

属性魔石は文字通り、それぞれの属性を持った魔力溜まりの近くで変質した魔物の中にできる魔石なんだ。

だから岩山にいる魔物が持ってる土属性ならともかく、火属性や水属性なんて火山とか海とかに住んでいる魔物からしか取れないでしょ。

それも弱いのは持ってなくて強い魔物からしか取れないって話だから、買うとしたらとても高いはずだもん。

だから使えば良いじゃないなんて軽く言えるようなものじゃないはずなんだけど。

「ぞくせいませきって、とってもたかいんでしょ？　ぼく、そんなのかえないから、へんかんきごうがしりたいんだけど……」

そこまで言って、僕はあることに気が付いた。

もしかすると属性魔石を使って魔道具を作れば、そんなお金なんて気にならないくらい高く売れるのかも。

それなら確かに、わざわざ複雑な魔道回路図を使ってまで属性を変えなくても良いって考えてもおかしくはないよなぁ。

でも現実は僕の予想の斜め上を行っていた。

「あら、属性魔石はそんなに高くないわよ？　昔はその属性を持つ魔物からしか取れなかったけど、今は錬金術で無属性の魔石を属性魔石に変える技術が開発されているからね。でも知らないなんて変ねぇ、これは魔道具作成の本なら一番初級のものにでも書いてあるはずなのに」

「え〜、ぼく、むらにあるほんは、なんどもなんどもよんだけど、そんなのかいてなかったよ！」

「そうなるともしかしたらルディーン君の村にある本、20年以上前の物なのかも。その頃ならまだ属性魔石作成は新技術だったから載っていない本も多かったでしょうし」

なんと、グランリルの図書館にあった本はとても古いものだったらしい。

今売られている本を試しに見せてもらったら、確かに一番最初の項目の中に書いてあったもん。

これじゃあ、属性変換の術式記号が省かれても仕方ないだろうね。

「でもルディーン君は深く魔道具の事を理解しているようだから、属性変換の術式記号も覚えておいて損はないかもしれないわね。将来的にそれを使って何かできるようになるかもしれないし、そうじゃなくても学者さんとか研究者になるかもしれないもの」

ただ興味を持ったのなら知っておくのも良いだろうと、エルフのお姉さんはカウンターまで行き、昔の魔道具作成の本を持って来てくれた。

「今はもう古すぎて倉庫の肥やしにしかならない本だけど、先ほどの最新版を買ってくれるのならこの本もおまけにつけるわ」

「いいの？」

「ええ。最新版では一部の術式記号がもっと効率の良いものに置き換わっているから、もうこの本は情報が古すぎて売ることができないのよ。いずれ処分しなければと思っていた在庫の中の一冊だから、燃やしてしまうよりルディーン君が持っていたほうが有意義でしょ」

「わぁ～い、おねえさん、ありがとう」

思いがけず変換記号の載った本をゲットできてしまった。

いや、確かにもう必要が無い技術なのかもしれないけど、ずっと知りたいなぁと思っていたものだから手に入れることが出来ただけで僕は嬉しかったんだ。

という訳で、僕は有頂天。

いつものように両手を振り上げて全身で喜んだんだよ。

ソファーに座っているので、残念ながら飛び跳ねる事はできなかったけどね。

「ところで、先ほどからルディーン君の話に村の図書館と言う言葉が出て来るのですが。失礼ですが、どちらからいらしたのですか？」

そんな万歳を繰り返す僕を横目に、お姉さんがお父さんにそう聞いてきたんだ。

「グランリルですよ」

「ああ、いつもリュアンさんにはご贔屓にしていただいております。という事は、リュアンさんがよく話していた本好きの村のお子さんと言うのが」

「ええ、多分ルディーンの事だと思いますよ」

いつも僕のお話をしてる？　誰の事だろう？

リュアンと言う人らしいんだけど、僕はこの名前の人には覚えがなかったんだ。

「ねぇねぇおとうさん、リュアンさんってだれ？　ぼくがしってるひと？」

「ん？　何言ってるんだルディーン、アーレフ・リュアンだぞ。お前、いつも世話になってるだろう」

はて、フルネームを聞かされて、なおかついつも世話になっていると言われても僕にはその人が誰なのかさっぱり解らなかった。

そんな僕の姿を見て、お父さんは何かに気が付いたのだろう。

あきれた顔をして僕に教えてくれたんだ。

「ルディーン、あれだけ可愛がってくれているんだから名前ぐらい覚えてやれ。村の図書館にいる司書のおじさんだよ。あいつがアーレフ・リュアンだ」

「え～！　ししょのおじさんって、そんななまえだったの？　ぼく、しらなかった」

そう言えばいつも司書のおじさんと呼んでいたから、名前を聞いた事がなかったっけ。

確かにおじさんならいつも可愛がってもらっているし、お世話にもなっている。

そう考えると、名前を今まで知らなかったというのはとんでもない事かもしれないなぁ。

「まったく、世話になっている人の名前くらいは覚えておくものだぞ」

「ごめんなさい」

これに関しては僕が一方的に悪いのだから反省しなければいけない。

今度司書のおじさんに会ったら、謝ろうって僕は固く決意したんだ。

「まぁまぁ、ルディーン君も反省しているようですし、それくらいで。しかしグランリルですか、ちょっと遠いですね。一つお聞きしますが、グランリルには錬金術ギルドの支店はありますか？」

「いえ、錬金術どころか、冒険者ギルドや商業ギルドさえありませんよ。小さな村ですからね」

会話を聞いていたエルフのお姉さんがお父さんに取り成してくれたおかげで、司書のおじさんの話はここで終わって話題は別のところに飛んだ。

どういう訳か、お姉さんは錬金術のギルドが村にあるのか気になったらしくてお父さんにそう聞いたんだけど、田舎の小さな村であるグランリルには当然そんなものは無い。

「まぁ、では必要になった時に錬金術ギルドまで属性魔石を買いに来るのは大変でしょうね」

でも、何故そんな事を聞いたんだろう？　そう思っていたら、お姉さんがその理由らしきものを話してくれた。

どうやら魔道具に使う属性魔石は錬金術ギルドと言うところに売っているらしくて、その支店があるのなら村でも簡単に手に入れることが出来る。

だけどそうじゃなければ大変だろうと考えて、ギルドがあるかどうか聞いたみたいなんだ。

でも村には支店が無いと聞かされると、エルフのお姉さんはちょっとだけ考えてから、

「ルディーン君、錬金術を学ぶ気はない？」

なんて事を言い出したんだ。

だから僕、すっごくびっくりしたんだよ。

だって魔道具の作り方の本を買いにきただけなのに、突然錬金術を勧めてきたんだもん。

「えっと。ぼく、いきなりそんなこといわれても、よくわかんないんだけど……」

「ああそうね、いきなりごめんなさい。錬金術というのは薬草などからポーションとかを作る技術よ。そして先ほどから話に出ている属性魔石を作ることも出来るわ」

いや、錬金術ってものが解らないって訳じゃない。

だって錬金術師という一般生産職はドラゴン&マジック・オンラインにもあったもん。

ゲームの錬金術は抽出、分解、結合、付与などの技術を駆使してポーションを作ったり、武器や防具に魔力を付与して強化する一般生産職だった。

でも今はゲームじゃないんだから、そう簡単に覚えられる技術じゃないはずなんだよね。

もし誰でも簡単に身に付けられるのなら、そんな職業ではお金が稼げないから成立しないもん。

だからこそ、なぜこんなことをお姉さんがいきなり言い出したのかが解らなかったんだ。

「なんで？　なんでぼくにれんきんじゅつをやってみないかっていうの？」

「ああそれはね、君の将来を思っての事よ」

僕の質問にエルフのお姉さんはそう答えて、視線を僕からお父さんに移し……かけたんだけど、次の瞬間何かに気付いたかのようなお顔をして慌ててワゴンに置いてあったファイルを手に取って目を落とした。

そして、そのファイルをワゴンに戻してから、改めてお父さんの方へ向き直る。

「失礼しました。カールフェルトさん」

「あっ、はい」

なるほど、さっき何か調べてたのはお父さんの名前を確認してたのか。

そう言えば僕の名前はお父さんが呼んでたけど、お父さんの名前は僕が今まで一度も呼んでないから解らなかったんだね。

「一つお聞きします。あなたは先ほど魔法をお使いにならないと仰られましたが、では奥様が魔法をお使いに？」

「いいえ、妻も魔法は使えません」

お父さんとお母さんは僕やキャリーナ姉ちゃんと違って魔法なんて使えない。

だから素直にそう返事したんだけど、でもこんな質問をするって事はお父さんが魔法を使えるかどうかが錬金術に関係するのかなぁ？

そして、そんなお父さんの返事を聞いて、エルフのお姉さんは表情を引き締めた。

「そうですか。ルディーン君ですが、彼は初歩とは言え本を読んだだけで魔道具を作成し、その上術式記号も解説を読んだだけでその仕組みを理解してしまうほど読解力が優れています。そして魔道具を作成するには体内にある魔力を操作する技術が必要不可欠なのですが、ご両親とも魔法が使えないとなると、それも彼は独学でマスターしたという事なのでしょう」

そう言うと一度僕に視線を移し、微笑んでからもう一度お父さんに視線を戻す。

そして静かに、説得するような口調でお姉さんは次の言葉を口にしたんだ。

「魔法をお使いにならないとのことですからご存じないかも知れませんが、魔力操作は魔法に必要な基礎技術。それをおぼろげながらでも両親から習うことなく使えるルディーン君は、魔法使いの素養が普通の子よりもはるかに高いのです」

じっとお父さんの目を見ながら話すお姉さん。

「もし魔法使いにするおつもりなら、なるべく早いうちから魔力操作の練習をした方がいい。しかしご両親が魔法を使えないとなると呪文を使った練習は難しいでしょう。ですから私は錬金術をお勧めしたいのです」

錬金術を勧めてきたのは、僕の魔力操作の鍛錬の為だったのか。

確かにキャリーナ姉ちゃんがいくら教えても自力ではできなかった通り、魔力操作はとても難しいものらしいんだよね。

だから普通はできる人に教えてもらうんだけど、お父さんの様子を見てお姉さんは僕にはそんな人はいないのだろうと考えて錬金術を勧めてくれたというわけだ。

「魔力操作は魔道具を作成しても上達するのですが、魔道具作成にはどうしても値段の高い魔石を必要とします。ですが錬金術の練習は魔道具と違い、魔石などの値段の高い素材を必要としませんね」

お姉さんは真剣な目をして、一生懸命錬金術をやった方がいいよって教えてくれてるんだもん。

「ぼく、もうまほうがつかえるよ」

横からそんなこと言えるはずないから、黙ってお父さんたちのお話を聞いていたんだ。

でもね、お姉さんの次の言葉を聞いて僕はすごくうれしくなったんだよ。

「錬金術の場合、道端の花から香りを抽出したり、その香りを本来は捨てる部分である食材の種などから抽出した油に結合したりするだけでも十分に練習になるのです」

油の抽出？　そうか、そう言えば菜花とかゴマじゃなくても種ならどんなものでも油が取れるんだっけ。

ブドウのオイルなら、ワインを絞る時に雑味になるから取り除いて捨てているブドウの種から取れるし、その他にも種を捨てている野菜や果物はいっぱいある。

それらから錬金術で油を抽出すれば、あきらめていたマヨネーズが作れるかも！

お姉さんの話から僕はそんなことを想像し、そこから先はあまり聞いてなかったんだ。

だから何がどうなってそういう結論になったのかは解らないんだけど。

「解りました。確かにルディーンには初級の錬金術の本を与えるべきですね」

「解ってもらえましたか！」

いつの間にか、二人の間では僕に錬金術を学ばせるという話になっていた。

まぁ、僕としては願ったり叶ったりだから良いんだけどね。

「おお、そう言えば申し遅れました。わたくし、このヒュランデル書店を営んでいる、セラフィーナ・ヒュランデルと申します」

話が一段落したからなのか、お姉さんが遅ればせながら自己紹介をして頭を下げたんだ。

それを見たお父さんは、大慌てで頭を下げて自己紹介。

「はっ、ハンス・カールフェルトです」

「ルディーン、えっと、かーるふぇると？　です」

話の流れから僕もしなければいけないのかなぁ？　なんて思ったから、お父さんの後に続いて自己紹介をしておいた。

でもエルフのお姉さん改めヒュランデルさんは、なんで今さら自己紹介をしたんだろう？　もうお話は終わりに近づいたころなのに。

「ルディーン君は優秀ですから、きっとこれからも色々な資料を必要とする事になるでしょう。その場合は店の者にこのカードをお見せください。私に連絡が付く状況でしたら私が直接対応しますし、もし出来ないようならその時店にいるもっとも有能な者に対応させるよう、言いつけておきますから」

ヒュランデルさんはそういうと、お父さんになにやら銀色のカードを渡したんだ。

どうやらあれは名刺のようなものらしくて、それを見せればヒュランデルさんが直々に相手をしてくれるんだって。

そっか、だから自己紹介したんだね。

でもいいのかなぁ、この店の持ち主なんでしょ？　そんな偉い人をわざわざ呼び出したりしても。

僕がそう考えていたんだけど、どうやらお父さんも同じだったみたい。

「良いんですか？」

「先ほども申し上げましたでしょう。ルディーン君はこの先、凄く優秀な魔法使いに成長したり歴史に名が残るような魔道具を発明したりする可能性があります。いや、私の目に狂いが無ければ、きっとそうなるでしょう。私は自分の店の本を通じてルディーン君の成長に関わる事で、そんな彼をずっと見続けていきたいんですよ」

だから質問すると、彼女はこんなとんでもないことを言いだしたんだ。

驚くことにお父さんもその言葉を否定することなく、うんうんと頷きながら聞いていたりする。

「そして今、彼の行く末に錬金術師と言う新たな道も開かれました。この学問もかなり奥の深いものです。伝説級の薬であるエリクサーや蘇生薬は未だ遺跡などで見つかるだけで製造法は解っておりません」

「おお、ではルディーンがその製法を見つけ出せば」

「ええ、彼は永遠に名を残す偉大な存在になるでしょう！」

……僕が呆けている間に、一体どんなお話をしてたの？

なぜここまでとんでもない話になってしまったのかとても気にはなったんだけど、流石に怖くて僕は聞くことができなかったんだ。

この後僕はいくつかの錬金術の本を手渡されて、それをパラパラと斜め読みする事で買う本を決め、あらかじめ買うと決めていた魔道具の本とあわせてお会計する事になった。

「魔道具の術式解説書が64万セントで錬金術の初歩から中級まで網羅した解説書が58万セントですから合計１２２万セント。ですが、これからの事もありますから今回は2万セントおまけして金貨１２０枚です」

は？　金貨がひゃくにじゅうまい？　前の世界のお金で１２００万円って、何それ！

あまりの金額に、僕は頭の中が真っ白になる。

でもそんな僕をよそに、お父さんたちは露店で串焼きでも買うかのように普通に会計を続けていた。

「支払いは冒険者ギルド経由でよかったですか？」

「はい。金額が金額ですから当然ご利用できます」

それを聞いたお父さんは自分の冒険者ギルドカードを取り出して、何かの魔法陣みたいなものが描かれた魔道具にかざす。するとその魔法陣が青く光だし、しばらくするとその光がフッと消えたんだ。

よく解んないけど、この流れからすると前の世界にあったカード払いみたいな事が冒険者ギルドカードでもできて、この魔道具はその決済をするためのものなんだろう。

光が消えたと言う事は、無事支払いが済んだって事かな？

「っておとうさん、きんか１２０まいってなに!?　ほんがたかいってのはしってたけど、きんか１まいくらいじゃなかったの？」

「ん？　何言ってるんだ、ルディーン。それは普通の物語の値段だ。技術を覚えるための専門書がそんなに安いわけないだろう？」

僕が村の司書さんから聞いていた値段は普通の娯楽本の値段で、技術を伝えるような専門書はもっとずーっと高いらしい。

「そうよルディーン君。おまけに付けた術式記号の本は、もう内容が古くなって売る事ができなくなったと言ったでしょ？　解説書に書かれている内容は今でも多くの人たちの手によって研究され、更新し続けられているわ。その研究費はこの本の売り上げから出ているのだから、どうしてもこんな値段になってしまうのよ」

そうか、それなら高いのも解るね……って、そうじゃなくて！

「そうじゃなくて！　そんないっぱいおかねつかっていいの？　おかあさんにおこられない？」

「ははは、何言ってるんだ。ルディーンの為に使ったお金だぞ、シーラが怒る筈ないだろう」

お父さんが言うには、払える範囲であれば僕たち子供の為に使うお金に関しては相談しなくても、各自の判断で使っていいということになっているらしい。

そしてこれはちょっと先の、家に帰ってからのお話。

お母さんに聞いて解った事だけど、僕が村にあるものより上級の魔道具の専門書を欲しがっていることはずっと前からばれていたみたいで、今回のイーノックカウ訪問を機に初めから買ってくれる予定だったそうな。

ファミリーネームのことを黙っていたお詫びに買ってくれたと言うのは嘘だったわけなんだけど、帰ってからそのことをお母さんに話したところ、お父さんはこっぴどく叱られていた。

涙目になっているお父さんはちょっと可哀想だけど、嘘はついちゃだめだから仕方ないよね。

7 この宿って本当に普通？

ヒュランデルさんに見送られて書店を出ると、日の光はオレンジ色になっていた。

という事はもうすぐ夜になるということだ。

お父さんが言うにはイーノックカウでも、この辺りは商業の中心だから街灯と呼ばれる魔法の明かりが設置されていて日が暮れても明るいらしい。

だけど普段日が暮れたら寝てしまう生活を送っている僕は起きていられる自信なんか当然ない。

という訳で僕たちは『若葉の風亭』へと帰ることにしたんだ。

夕ご飯は宿の2階にある食堂で取れるらしいんだけど、僕たちはその前に大浴場へ。

これは僕がご飯を食べちゃうと、多分お風呂に入らずに寝てしまうからなんだ。

何せ午前中はずっと馬車に揺られてここまで来たうえに、そのあとは冒険者ギルドへ行って最後に本屋へ行くという、普段の僕の生活では考えられないほどいろいろな経験をしてとっても疲れていたからね。

『若葉の風亭』地下大浴場。そこは僕が想像する以上に立派なお風呂だったんだ。

とにかく広い上に、細い滝のように上から数本のお湯が流されている場所があったり、お湯の中で壁から泡が吹き出しているような場所があったりした。

そのうえ寝転びながら入れるお風呂や大きな壺のような一人用のお風呂まであって、何かとても楽しそうな不思議な空間になっていたんだ。

そんな空間に興奮した僕は大はしゃぎ。

滝のように上から流れてくるお湯を頭に受けてけらけらと笑ったり、泡の出ているお風呂のところに行ってその圧力で流されてわ～と叫んだりして、この大浴場を心の底まで楽しんだ。

そう、寝転びながら入れるお風呂では疲れてそのまま寝そうになって溺れかけ、お父さんにコラって怒られちゃうほど僕はこのお風呂を満喫したんだ。


お風呂から出てそのまま2階にある食堂へ。

そこで夕ご飯を食べられるんだけど、僕はあるものを見て目を輝かせたんだ。

そのあるものというのはデザートの葡萄。

作物の品種改良なんて行われていないこの世界では種無し葡萄なんてものは存在しない。

だから当然目の前にある葡萄には種があり、その種を集めれば油が取れるんじゃないかって僕は考えたんだ。

「おとうさん、れんきんじゅつのべんきょうにつかうから、ぶどうのたね、すてないでね」

「葡萄の種？　変わった物を使うんだな」

普通なら捨ててしまうものを使うと言ったからお父さんは不思議そうな顔をしたけど、それでも今日買った本で早速勉強する気になっている僕の様子を見てちゃんと種を別けておいてくれた。

食事の後、僕たちがお部屋に戻ると、お父さんがなんだか急にそわそわとしだしたんだ。

「どうしたの、おとうさん？」

「いや、なんでもない。ルディーン、今日は疲れただろ、早めに寝たほうが良いんじゃないか？」

「ううん、きょうかったれんきんじゅつのほんがよみたいから、もうちょっとおきてるよ」

なぜか僕を早く寝かそうとしてくるお父さん。

でも僕はさっき手に入った葡萄の種に興奮して、まったく眠くなかったんだよね。

するとお父さんは、そんな僕の様子を見てあからさまにがっかりしてるみたい。

あ～、これってもしかして。

「おとうさん、どこかへでかけるの？」

「うっ、なんでそう思ったんだ？　ルディーン」

「だってへんだもん、きょうのおとうさん」

そんな僕の言葉を受けて一瞬誤魔化そうとするような素振りを見せ、でも下手に誤魔化すとかえって変に思われるって考えたのか、お父さんは素直に何をしに行くのかを僕に教えてくれたんだ。

「実はな、ルディーンが寝たら1階のラウンジにお酒を呑みに行こうと思っているんだ」

うちの村ではみんなあんまりお酒を飲まないんだけど、それは行商人が持ってくるお酒には輸送費も含まれているから高くて気軽に飲めないからなんだって。

でも街でなら普通の値段でお酒が売られているからここに来るとほとんどの人が飲むし、また帰る時には色々な日用品や食料同様、お酒も必ず買っていくことになっているそうな。

なんだ、そんなことなら初めから言ってくれたらよかったのに。

あまりに様子がおかしかったから、なにかあるのかと思ったじゃないか。

「みんなおさけ、のみにいくの？　ならふつうに、のんでくるねっていえばいいのに」

「いやでもな、ルディーンを一人残して俺だけ酒を呑みにいくと言うのもなんだか……な」

なるほど、だから僕が寝たのを確認してから飲みに行こうと思っていたんだね。

そんなの気にしないでも良いのに。

僕はこれから錬金術の本を読むつもりだし、この宿の部屋は魔法の明かりだからそのまま寝ちゃったりしても火事の心配はないでしょ。

「お母さんだって、この街に来たらお父さんと一緒にお酒を呑むんだぞ」

だから心配しなくてもいいよって言ったら、こんないい訳とも取れる言葉を残してお父さんは1階のラウンジへと出かけていった。

そんなお父さんを見送った僕は、カバンから今日買ってもらった二冊の本の内、錬金術の本を取り出して早速読み始めたんだ。


僕は錬金術と言うものは鍛冶や裁縫などと同じく、技術の一種なんじゃないかって思っていた。

でも、この本を開いてそれが間違いだって気が付いたんだ。

これは技術と言うより魔法だ。

攻撃でも治癒でもない、どちらかと言うとドラゴン&マジック・オンライン時代に設定魔法と呼ばれていた一般魔法の一つとして考えた方が良さそうなものだった。

最初に書かれていた歴史によると、錬金術はどうやらこの世界の物の全ては魔力でできていると言う考えから生まれた学問らしくて、そこに含まれている魔力を動かすことにより、その形を変えるのではないかと考えられ研究された過程で生まれたものらしい。

そういえば一般魔法には魔石があれば色々な物が生み出せる創造魔法なんてものがあったけど、あれもこれに近いんじゃないかな?

という事は創造魔法は錬金術の亜流ってことなのかなぁ？　いや、あっちは魔石さえあればいろいろなものが生み出せるから、向こうの方が本流なんだろうか?

まぁどちらにしても、もうちょっとレベルが上がらないと使うことができない創造魔法と違って、低レベルでもある程度は使う事ができる錬金術の方が簡単ではあるんだけど。

話がちょっとそれちゃったね。

この世界でも錬金術はドラゴン&マジック・オンラインの時同様、物質の中に含まれる魔力を動かすことによって抽出、分解、結合、付与などを行っていろいろなことができるらしい。

代表的なところでは植物から成分を抽出したり物から不純物を取り出したりできるし、逆に物質に別の物質を混ぜて違う性質のものを作り出したり魔力の適応性が高いものに色々な魔法を籠めたりなんてことができるんだそうな。

今あげた方法の代表例を挙げると、ポーション作成、赤錆から酸素を取り出して鉄の塊を作る、鉄に炭素を結合して鋼を作る、魔石に色々な属性を付与して属性魔石を作るといったところかな。

まぁ簡単に幾つかの例を挙げてはみたんだけど、当然のごとくそのどれもが同じ難易度だってわけじゃないよ。

例えば簡単な傷薬程度の下級ポーションならそれ程作るのは難しくはないけど、赤錆から鉄を作るなんてのはかなり精密に魔力を動かさないといけないから、相当熟練しないとできないんだって。

後ね、この本によると魔道具を作ったり使ったりする時にいる魔道リキッドも錬金術で作れるらしくて、その製法もこの本には書かれていたんだ。

これによると作るのは意外と簡単らしくて、魔石に魔力を流し込むと液体状になるらしいんだけど、それを錬金術ギルドで売られている溶解液で解いた後に水で一定の濃度まで薄めれば出来上がるんだって。

錬金術ギルドで買えるって事はなんとなくこの溶解液も錬金術で作れそうなんだけど、これの作り方に関しては本には何も書いてなかったところを見るとギルドが秘密にしてるんだろうね。

まぁそれ以前にそれ程高くはないみたいだから、わざわざ自分で作るよりは買った方が早いだろうけど。

魔道リキッドは魔道具の作成にも使うし、この溶解液も錬金術でその他の物を作る時にも結構使用するみたいだから村に帰る前に錬金術ギルドによって少し買っていった方が良さそうだ。

なにせ次はいつ、この街に来られるか解らないからなぁ。

いけない、また話がそれた。

この本によると錬金術を使うには自分の体の中にある魔力だけじゃなく外部の魔力を動かさなければいけないから、まずはその練習から始めるといいらしい。

一番最初のステップとして自分の周りにある魔力を動かしてみようって書いてあるんだけど……。

「これって、ぼくがたんちにつかってるやつだよね？」

これに関してはいつも狩りに使っているくらい問題なくできるからパス。

と言うわけで次の段階へと進んだんだけど、それ以降に書かれている内容も、これって魔法使いなら誰でもできるんじゃないかな？　ってくらいどれもこれも簡単だった。

だから、僕はそこで気付いたんだよね。

「そういえばヒュランデルさんが、れんきんじゅつはまほうのれんしゅうになるっていってたっけ」

何のことはない、魔法使いになるための練習方法と錬金術の練習方法はほとんど同じだったという訳なんだ。で、これが僕が錬金術は技術では無く魔法の一種だと考えた理由だったりする。

これならいきなり使用方法を読んでもできそうだなぁと思った僕は練習方法を全部飛ばして、錬金術を実際に使用する方法のページを読み始めた。

するとそこに書かれている内容を読んで僕はあることに気がついたんだ。

錬金術って物の中の魔力を分類してそれぞれに干渉する事によって変化させるものなんだけど、

これってもしかして鑑定の一種なんじゃないかな？　って。

例えば薬草には薬になる成分もあるけど、他にも当然水分や色素などの他の成分も色々と存在するよね。

その中から薬の成分を取り出そうとすると、どの魔力がその薬の成分なのかを見極める必要があるんだ。

書かれている見分け方を読み進めて行くうちに、僕はいつも使っている魔力を使った探知と同じようなものなんじゃないかって考えたんだよね。

あれも当たった相手によって返ってくる魔力が違っているからその魔力でウサギとか鳥とかの判別をしてるんだけど、これはそれを少し精密にしているだけのものだと気が付いた時に、なら探知をこの錬金術の本に書かれてあるみたいな感じで目の前のものに放ったら？　って思いついちゃったんだ。


思いついたら即実行。

僕は部屋の隅に飾られている花に向かって放ってみたところ、頭にその花の成分が浮かんだ。

そう、僕がその花の名前が解らないからなのか名前の部分は？？？？だったけど、その他の部分はまるでドラゴン＆マジック・オンラインで鑑定解析スキルを使った時並みに詳しく解ったんだ。

そして。

「びっくり、スキルがついちゃった」

その状況からもしかしてと思ってステータスを開いてみたところ、なんとステータスの所に鑑定解析の文字が浮かんでいた。

ゲームの知識のせいで今までスキルはそれぞれ取得できるジョブのレベルを上げないと付かないものだと思い込んでいたけど、この世界ではそうじゃないみたい。

ならもしかすると他にもスキルを得るヒントがあるんじゃないかって考えた僕は、それから錬金術の本の色々な所を斜め読みし続けたんだ。

そしてある時、ふと思ったんだよ。

うがぁ、僕はなんでこんなに錬金術の探求をしてるんだよ。

僕がしたいのは錬金術で植物油を手に入れてマヨネーズを作りたいだけなのに。

我に返った僕はその方法を求めて抽出のやり方が書かれた場所を部分を熱心に読んだ。

その結果得られた結論は……。

この世界の人たちって、植物に油がある事をほとんど知らないいんじゃないかって言う信じられない事実だった。

だってどこにも油の取り出し方が書いてないんだもん。

錬金術の抽出って物凄く便利で、普通に絞ったりするより遥かに効率よく油を取り出すことができるはずなのに、そのやり方が書いてないなんて知らないとしか思えないんだよね。

何より僕がそう感じた理由は、この本に花の香りの抽出法とその使い方が書いてあったところを見つけたからなんだ。

なんだよ、動物の脂から匂いを抽出して、その後抽出した花の香りを結合するって。

そんな面倒な事をしなくても植物の香りは精油に含まれているんだから、精油を取り出せばすむのに。

実際本屋ではヒュランデルさんが植物の種から採った油に花の香りをつけるって言ってたもん。

でもその方法が書かれていないなら、この世界では一般的じゃないんだろうなって思うんだ。

この部分を読んだ瞬間、僕は油を取り出す方法を見つけ出すのをやめた。

きっとヒュランデルさんが植物にも油が含まれていることを知っていたのはエルフだからで、多分他の人たちはお母さんと同じで油は動物から採るものだって考えてるんじゃないかなぁ？　ならいくら探したって載っているはず無いもん。

でもあきらめるのにはまだ早い、だって僕には新しく手に入れたスキルがあるんだから。

僕はまず錬金術の本に書かれている、抽出の方法を読んだ。

「うん、これならいまのぼくでもできるはず」

幸い植物の成分の一部を取り出すのは一番の初歩にあたるらしくて、今の僕にでもできそうだった。

だから僕は期待に胸を膨らませながら、さっき手に入れた葡萄の種に含まれている油の魔力を鑑定解析で調べて、僕の分とお父さんの分とで小さな山になっているその種から初めての錬金術で油を抽出したんだ。

……僕のマヨネーズ計画はさらに遠のいた。

こんなにいっぱい種があるのに、まさかそこからたった1～2滴分くらいの油しか取れないだなんて僕は思いもしなかったんだ。

8 冒険者ギルドの賑わい

次の日、僕たちは朝ご飯を食べた後、冒険者ギルドへと向かった。

昨日はもう遅かったからすることができなかった、僕の冒険者ギルド登録のためだ。

「ふわぁぁぁぁぁ」

とその途中、僕は歩きながらつい大きなあくびをしてしまった。前日、錬金術の事で普段より遅くまで起きていたから少し眠いんだよね。

僕、本当はもうちょっと寝ていたかったんだけど、お父さんが言うには昼からは何かやる事があるからあんまり遅くなるわけにもいかないんだって。

外の防護壁近くにある冒険者ギルドは僕たちが泊まっている宿から結構遠くて、着くまでの間に街の様子を見る事ができた。

僕たちが住んでいる村では日が昇ったらすぐにみんなが動き出すんだけど、どうやら街はそうじゃないみたいで宿の周りのお店が閉まっているうえに通りを歩く人や行き交う馬車もほとんど無くてちょっとびっくり。

「おとうさん。まちのひとって、みんなおねぼうさんなんだね」

「ははは っ、ルディーンにはそう見えるか。でもな、そんなことはないんだぞ」

お父さんがいうには、この辺りの店がまだ開いていないのは店の人たちが仕入れの為に出かけているからなんだって。

「へぇ、そうなんだ」

「ああ。もうしばらく行けば商業地域を抜けるからな。そこまで行けばこの街の人たちも早起きして働いていると言う事がルディーンにも解ると思うぞ」

お父さんの言う通り、外壁に近づくほど人通りが多くなっていく。と同時に野菜やフルーツ、朝ご飯が売ってる露店が増えていって街がにぎやかになり、そしてそれは僕たちが目的地に着くと同時にピークに達した。

あまりの賑わいと活気に、村での生活しかしらない僕は目を白黒させることになったんだ。

「どうだ、凄い人だろ。ここにいる人たちはみんな冒険者ギルドに仕入れにきた人たちなんだぞ」

お父さんが言うように、冒険者ギルド周辺には多くの人たちが色々な物を買い求める為に忙しそうに動き回っている。

「昨日俺たちも村で取れた素材をギルドに売っただろう？　ああして色々な所から持ち込まれた素材をギルド職員が夜の内に仕分けたり、魔物や獲物の肉を買いに来た人たちが仕入れやすい大きさや部位ごとに切り分けたりして朝に備え、それらを目当てに早朝から街の人たちが集まる。このように冒険者ギルドは依頼を斡旋する役割とは別に、冒険者が持ち込んだ色々な物を街の人たちに売る拠点の一つという一面を持っているんだ」

農作物や街で作られる工業製品などは商業ギルドで仕入れる事になるそうだけど、街の外から持ち込まれた一部の物や魔物なんかの素材や肉は冒険者ギルドが一手に扱っているからこんなに賑わっているんだって。

要するにギルドそのものが大きな市場みたいなもので、いろいろなものが手に入るからこの人たちはここに集まってるというわけか。

そんな人たちの相手をしているのは昨日ギルドの裏手で見た制服を着た人たちで、彼らがギルド入り口周辺に机を並べて接客し、買いにきた人たちはその場所でお金を払うと、なにやら数字が書かれた札を受け取って裏手へ向かっていく。

「ほら、仕入れにきた人たちはああして注文と支払いを済ませてから裏手に回り、そこで商品を受け取るという方法をとる事でこれだけ多くの人が押しかけてきてもスムーズに買い物ができるようになってるんだ」

なるほど。お父さんの話からすると、たぶん札を持ってギルド裏にいくと準備ができた順に番号を呼ばれて品物を受け取れるんだと思う。

でもさぁ、別にわざわざ裏に回らなくても、ここで直接渡せば良いんじゃないかな？　街での買い物って普通、そうだよね。

昨日行った本屋さんでも、その場で受け取れたし。

「うらにいくの？　ここでわたせばいいのに」

なぜそんな二度手間をするのか解らない僕は素直に質問をしたんだけど、お父さんは苦笑しながらその疑問に答えてくれた。

「ここに来るのはみんな商店や商会、後は市場の大店くらいだからな。ルディーン、想像してごらん。もしここにいっぱいの荷物が積まれて、その上目の前のこの人たちがみんな馬車でギルド前に乗りつけたとしたらどうなる？　みんな大口の買い物だから品物を置く場所も無ければ、それを積み込む場所も無いからそんな面倒な事をしているんだよ」

「そっか。だからみんな、ここではおふだだけをもらってるんだね」

そういえば昨日行ったギルドの裏には馬車置き場もあったから、みんなそこに馬車を止めてからギルド正面まで来て買い物をしてるのか。

それなら札を渡しての買い物と言うのも納得だね。

商人たちの戦争のような光景をしばらく見物した後、僕たちは本来の目的を果たす為に冒険者ギルドの門をくぐる。

すると外の喧騒とはうって変わって静か……なんてことは無く、そこもまた別の喧騒に包まれてたんだ。

ああ別に入って来た僕たちに誰かが絡んできたりしたってわけでも、仲の悪い冒険者パーティー同士の諍いが起こってるなんてわけでもないよ。

喧騒が起こっているのは冒険者ギルド内の一角、壁になにやらべたべたと貼られている場所周辺で多くの人たちがああでもない、こうでもないと騒いでたんだ。

「ねぇ、おとうさん。みんな、あそこでなにしてるの？」

「ああ、あそこにはギルドからの依頼書が貼られていてな、昨日受理した依頼は今日の朝張り出されるから、少しでも良い依頼を受けようと冒険者たちが集まってるんだ」

ああなるほど、少しでもいい仕事を得ようと早起きして集まってるって訳か。

僕のイメージだと冒険者さんって昼間からギルドの中にある酒場でお酒を飲んでいたり、朝は遅くまで寝ていて昼ごろから行動するような人たちだと思っていたんだけど、確かにそんな生活を送っていたら良い依頼は全部人に取られて辛い仕事しか受けられなくなっちゃうか。

「薬草採取とか街の雑用、それに動物を狩ってその素材を持ってくるというのなら常時依頼でいつもあるけど、採取は知識が無ければ儲からないし雑用はそもそも依頼料が安くて仕事もきつい。それに狩りをするにしても鳥やウサギではたいした金にならないからな」

そっか、確かに魔物とかを狩ってきて欲しいって依頼を受けたほうが、いっぱいお金もらえるだろうからなぁ。

そう思いながら僕はなんとなく依頼書周辺の冒険者さんたちのステータスを調べたんだ。

きっとこんな大きな街の冒険者をしているくらいだから、みんな強いんだろうなぁなんて思いながらね。

「えっ？」

ところがそこで僕は物凄くびっくりしたんだ。

だって今掲示板の前にいる人たちはそれ程強くない。いやむしろ弱いと言った方が良いような人たちばかりだったからなんだ。

何せ結構な人数が群がっているにもかかわらずそのほとんどがジョブを持っていないうえに、中には見習い系戦闘職でさえ2～3レベルしか持っていない人たちまでいたんだもん。

おまけに数少ないジョブ持ちも、なんと戦士1レベルの人が二人いただけなんだよ。

それに魔法使いや神官は見習いさえ一人もいないのだから僕がびっくりするのも無理はないよね？　だってという事はだよ、あそこにいる人たちはグランリルの村に住んでいる10歳くらいの子供より弱いってことなんだから。

「おっ、おとうさん。あそこにいるひとたちって、もしかしてあんまりつよくないひとたちなの？」

「ん？　ルディーン、よく解ったな。そうだよ、掲示板に張り付いてるのは新人やランクが低い、比較的弱い連中ばかりだな」

お父さんがそう言うと、その声が聞こえたのか依頼書を見ていた人の内、数人がこちらを振り向いて睨んできた。

でも、すぐに壁の張り紙の方に目を向けたところを見ると、喧嘩をするよりも良い依頼を得る方が大事だって思いなおしたんだろう。

睨まれたお父さんも、別にそちらを気にするでもなく話を続けたんだ。

「それにな、ランクの高い冒険者の数は少ないからそういう奴ら向けの依頼のほとんどは指名依頼だ。だからあの場に高ランク冒険者が足を向けることはまずないよ」

そっか、道理でみんな弱いわけだ。

グランリルの村では8歳になると戦闘訓練を受け始めるけど、普通の村ではそんなことはやってないだろうから大人になっても弱いままでもおかしくないよね。

前世でも空手や柔道をやっている中学生の方が、普通の大人より強かったもん。

「そういえば、おとうさんってなにランクなの？」

「ん、俺か？　えっと何ランクだったたっけか？」

そう言うと、お父さんはごそごそと腰のポーチを漁って冒険者ギルドカードを取り出した。

「ああ、どうやらEランクみたいだ」

「そっか、おとうさんでもEランクなんだね」

お父さんの戦士レベルは前に見た時から二つ上がって16レベルになっているのに、それでも冒険者ランクで言うと下から3番目なのか。

Aとかランクの人たちって物凄く強いんだろうなぁ。その上のSランクの人なんか僕、どれくらいの強さなのか想像もつかないや。

まだ見ぬ上位ランク者を想像して、僕は一度で良いから会ってみたいなぁなんて考えるのだった。


この冒険者ギルドは掲示板の奥に待ち合わせや簡単な商談用の飲食スペースがあって、そこをさらに抜けると結構長いカウンターが設置してあるんだ。

そこには用途別に四つの窓口があり、それぞれにはそこが何に対応しているかが書かれたプレートが置かれている。

これは初めてこの冒険者ギルドを訪れた人でも迷わずに済むようにする為なんだけど、今はその中でも一番左の窓口だけにしかギルド職員がいなかった。

その前には長い行列ができていて、四人の職員がその対応に追われていたんだ。

「たいへんそうだね」

「ああ、この時間帯の依頼受け付けは戦争だからな」

この行列ができている場所は、担当のギルド職員が冒険者たちが持ってきた依頼書をギルドカードと見比べて依頼に合ったランクであるかどうかを確認する受付だったんだ。

騒がしい掲示板前と違って、こっちはみんなきちんと並んで順番待ちをしている。

依頼書を手に武装した大きな体をした人たちが静かに並ぶその光景は、ちょっと珍しくて面白かった。

さて、いつまでもそんな行列ができる受付所を見ているわけにもいかないので、今日僕たちが来た本来の目的である冒険者登録をしにいくことに。

カウンターを見ると右から新規依頼受付、冒険者登録受付、依頼達成報告受付、依頼書受理受付となっていたので、僕たちは右から二番目の受付前へと歩いて行った。

ところが先ほども言ったように、そこには誰もいないんだよね。

だって、このカウンターの担当職員は四人とも長い行列ができている依頼書受理受付に張り付いてるんだもん。

そうしないと何時まで経っても終わらなそうだから仕方ないんだけどね。

でもこの場合はどうするんだろう？　待っていれば本来このカウンターの受付をしてる人が来るのかなぁ、なんてぼんやり考えていたら。

チンッ！

お父さんが置かれているベルを鳴らした。

でもこのカウンター担当はすぐそこにいるでしょ。

だから声をかければいいのにって思ったんだけど、お父さんは今依頼書の受理に手を取られている人を呼んだわけじゃなかったみたい。

その証拠に、カウンター奥にある階段を一人のお姉さんが降りてきたからだ。

ここはみんなが騒いでるから、さっきのベルの音が2階まで聞こえるはずがないよね？

多分このベルは魔道具で、鳴らすと担当の人が解るようになっていたんだろうなぁ。

「あらカールフェルトさん。今日はどうなさったんですか？」

「おお、今日の担当はルルモアさんだったか。それはある意味ラッキーだったな。いや、今日は息子の冒険者登録をしようと思ってきたんだ」

ルルモアさんというお姉さんは、どうやらお父さんと知り合いらしい。

そんなお姉さんに、僕はペコリと頭をさげる。

「ルディーンです。8さいです。きょうはとうろくにきました。よろしくおねがいします」

「あらあら、こんにちはルディーン君。私はマリアーナ・ルルモアよ。よろしくね」

そう言うとルルモアさんはにっこりと僕に微笑んでくれたんだ。


マリアーナ・ルルモアさんは金色の絹糸のように細くてさらさらとした長い髪とエメラルドグリーンの切れ長の瞳を持つ、とても綺麗な人なんだよ。

そして種族はなんとエルフ。

村には人間しかいなかったから僕はてっきり、他の種族を人里で見かける事はあまりないんだろうなぁなんて思い込んでいたんだ。

でも本屋のヒュランデルさんもエルフだったし、街に出ればそれ程珍しいものではないのかもしれないね。

背はすらりと高くて180センチくらいあるんじゃないかなぁ？　顔も小さくて足も長いから、なんと言うか物語に出てくるようなエルフそのものって感じの人だった。

因みにヒュランデルさんは160センチくらいで僕が知っているほかの女の人達と同じくらいの身長だったから、エルフが特別背が高い種族であるというわけではないのかもしれない。

「カールフェルトさん。息子さんはまだ小さいのに、もう冒険者登録を？」

「ああ。ルディーンはこう見えても、狩りの腕はうちの子たちの中でもトップレベルなんだ。シーラやこいつの兄弟たちはみんな反対したんだけど、俺としては早めに魔物と言うものを教えてやらないとダメだろうって考えてな」

やっぱりルルモアさんも僕が小さいから冒険者にするにはまだ早いと考えたのかな？

ちょっと批難するような口調で聞いたんだけど、お父さんの言葉を聞いて少し考えを変えたみたい。

「そうなんですか。確かに中途半端に狩りになれてからだと、魔物と対峙するのは危険かもしれませんね」

そういって納得したような顔をしたんだ。

「それでルディーン君は何が得意なの？　ショートソードを持っているようだけど、その小さな体では獲物に近づくのも大変だろうから普段は弓を使っているのかな？」

「ちがうよ。ぼく、いつもまほうでうさぎとかとりをとってるんだ。まほうならはずすしんぱいがないから、ゆみよりかんたんにかれるんだよ」

僕はエッヘンと自慢げに胸をそらし、ルルモアさんにそう教えてあげた。

でもね、なぜかルルモアさんからは何の反応も返ってこなかったんだ。

すると、僕の言葉に思いもしなかったところが反応をした。

さっきまであんなに騒がしかった冒険者ギルドが急に静かになって、おまけに全員の目が一斉に僕に向けられたんだ。

「えっ？　なに？」

驚いたように見開かれて集中する多くの人たちの視線と、あちゃーと額を押さえながら困った顔をするお父さん。

そんな中で僕は何が起こっているのかまったく解らず、おろおろとするばかりだったんだ。

時が止まったような冒険者ギルドの中で、一番早く動き出したのはルルモアさんだった。

血相を変えて、お父さんに喰って掛かるルルモアさん。

「カールフェルトさん！　こういう事は先に言ってくださらないと困ります！」

「すみません。まさか、いきなり言い出すとは思ってなくて」

綺麗な人が怒ると怖いって本当だね。

ただでさえ鋭い、切れ長の瞳がさらに吊り上がったルルモアさんの剣幕に、お父さんはたじたじだった。

「とにかく、ここでは対応できないので2階へ。ルディーン君も、私についてきてね」

「うん」

カウンターの一番右側は一部が跳ね上がって奥に入れるようになっていたらしくて、そこから僕とお父さんはカウンターの中へと入り、そのまま階段を上がって2階へと通される事になったんだ。

冒険者ギルドの2階に上がり、いくつか並んでいる扉の一つに入ってそこにあったテーブルセットの椅子に座ると、ルルモアさんが口を開いた。

「えっと、ルディーン君の冒険者ギルドへの登録だったわよね」

「ちょちょちょっちょっとまって、さっきのはなんだったの？　なんでみんな、ぼくのことみてたの!?」

いきなり何事も無かったみたいに冒険者ギルドへの登録の話に行こうとしたから、僕は慌てて止めたんだよ。だって、さっきのは凄くおかしかったもん。

依頼書前の人たちまでみんな動きを止めて僕を見るなんて、どう考えてもおかしいじゃないか。

「チッ、誤魔化せなかったか」

チッって！　ルルモアさん、キャラまで変わってるよ！　もしかして今の僕の状況って、それくらいとんでもないことなの？

なんでそんなことになったのか僕にはさっぱり解らないから、不安ばかりが募っていく。

「ぼ、ぼく。なんかわるいことしちゃったの？　もしかして、つかまっちゃう？」

あまりのことに、ぼろぼろと涙がこぼれてくる。

こんな格好、キャリーナ姉ちゃんに見られたら『ルディーンがまた泣いてる。もう、泣き虫なんだから』なんてまた言われちゃいそうだけど、どうやったって止められない。

「だって、みんな、みんなぼくの、ぼくのことみてたもん。だからぼ……ぼく、きっとわるいこ……うう、うわぁ～～～ん！」

声をあげながらの大号泣。

それに慌てたのはお父さんとルルモアさんだ。

「大丈夫だ、ルディーン。お前は何も悪いことなんかしてない！」

「そっそうよ、ルディーン君。あなたが悪いことをしたからみんなが見ていたんじゃないの。君が魔法を使えるって聞いて、ビックリしてただけなのよ」

泣き出してしまった僕をなんとか宥めようと、必死に何も悪いことはしていないんだよって教えようとしてくれる。

そんな二人の言葉を聞いて、僕はちょっとだけホッとしたんだ。

なんだ、僕が何か悪いことをしたわけじゃないんだって。

それじゃあなんで、みんな僕の方を見てたんだろう？

ルルモアさんは魔法が使えることを知ったからだって言ってたけど、そんなことであの騒がしかったギルドが静まり返るはずがないよね。

だって魔法は本に書いてあった通り、誰だって簡単に使えるようになるはずでしょ？

「ぐすっ。うそだもん。まほうはだれにでもつかえるようになるって、えらいひとがかいたほんにかいてあったもん」

「いやいや、普通はそう簡単に使えるようにはならないからな」

それこそ嘘だ。

だって僕だけじゃなく、キャリーナ姉ちゃんだって練習したら簡単に使えるようになったんだよ？　だから本に書いてあった事に間違いはないはずだ。

僕はそう確信してお父さんに言い返す。

「つかえるもん！　キャリーナねえちゃんだってつかえたもん！」

そんな僕の話に言葉を失うお父さん。

ほら、やっぱり嘘だったんだ。

ならみんなが僕の方を見ていたのには他に理由があるはずだよね？

そう思った僕は、それをお父さんからなんとか聞き出そうとしたんだけど……。

「カールフェルトさん！　キャリーナさんって確か、半年くらい前に冒険者登録をした娘さんですよね？　まさか、あの子も魔法が使えるのですか？」

いきなりルルモアさんがお父さんにそう言って詰め寄ったものだから、僕はびっくりして何も喋れなくなっちゃった。

この様子からすると、どうやらルルモアさんはキャリーナ姉ちゃんが魔法を使えることを知らなかったみたい。

ってことは、お父さんはそれを冒険者登録の時に話さなかったのかなぁ？

「あっ、いや。キャリーナは魔法が使えるというか……」

「どうなんですか！」

「その、キャリーナが使えるのはルディーンのような攻撃の魔法ではなく、神官が使う癒しの魔法でして」

ルルモアさんのあまりの剣幕にお父さんはついに折れて、キャリーナ姉ちゃんが魔法を使えることを彼女に話したんだ。

するとルルモアさんは、理由を聞いて納得したという顔になる。

あれ？　何でそれを聞いて納得したんだろう？　僕とどこが違うの？

理由が解らない僕は、ルルモアさんになんで怒るのをやめたのか聞いてみた。

「ねぇねぇ、なんでキャリーナねえちゃんがまほうつかえるの、おとうさんがだまっててもおこらなくなったの？」

「えっ？　ああ、ルディーン君には解らないか。あのね、冒険者ギルドに登録するのなら癒しの魔法が使えることはあまりまわりに言わない方が良いからなのよ」

「え～、なんで？」

言わない方がいいの？　だっておケガした時、それを知らなかったらキュアかけてって言えないじゃないか。

そう思った僕はその疑問をルルモアさんに聞いてみると、意外な答えが返ってきたんだ。

「それはね、そもそも魔法と言うのはどんなものでも習得が難しいでしょ。その中でも癒しの魔法は習得条件が厳しくて、使える人が神官以外ではほとんどいないからなのよ。もし使えるって知られたら、きっとパーティーを組もうって希望する人が殺到してしまうわ。そうなるのが解っていたから、お父さんはルディーン君のお姉さんが癒しの魔法を使えることを黙っていたんだと思うよ」

「えぇ～！　かいふくまほうをつかうのって、そんなにむつかしいの？　でもおねえちゃんも、かんたんにつかえるようになったよ」

「それはきっとグランリルの司祭がかなり正確な呪文の発音で、いつも魔法を使っていたからじゃないかしら？」

ルルモアさんが言うには普通の魔法は親が魔法使いじゃなくても家庭教師や帝都にある学校で呪文の発音を覚えることができるけど、神官が使う魔法はそういうところでは教えてないから体内で魔力を循環できる人でも使えるようにはならないんだって。

「実は一部の才能がある人や長年使い続けている高位の司祭以外は、癒しの魔法の呪文を正確な発音で唱えていないのよ。ほとんどの神官はなんとか魔法が発動する程度の曖昧な発音で使っているから、それを聞いてまねしたくらいじゃ癒しの魔法は発動しないわ。だから普通は神殿でしっかりと修行しながら学ばないと使えるようにはならないのよ」

なんと！　まさか呪文の発音が障害になって使えないなんて思っていなかったから、この話にはホントびっくりした。

僕の場合は前世の記憶があるからドラゴン＆マジック・オンラインの時の魔法のつもりで呪文を唱えていたけど、どうやらそれが幸いして口がうまく回らなくても魔法が発動してたんだね。

そして喋り方はともかく、発音自体は正確な僕が教えたから、キャリーナ姉ちゃんも魔法が使えたんだと思う。

それならお姉ちゃんも僕同様、最初から魔法が発動したのにも納得できるもん。

「ん？　も？」

そんな事を考えていた時、急にルルモアさんが何かに気付いたような声をあげたんだ。

「どうしたの？」

そんな姿に、いきなりどうしちゃったんだろう？　って思ったから僕はそう聞き返したんだけど、ルルモアさんからの返事はなく逆に質問を返されちゃったんだ。

「ルディーン君。あなたさっき、キャリーナさん〝も〟って言わなかった？」

「ん？　いったよ。キャリーナねえちゃんもかいふくまほう、つかえるもん」

その僕のお返事を聞いたルルモアさんは、すっごくびっくりしたお顔に。

「そんな、あり得ないわ……」

そしてこう言ったもんだから、僕は何がありえないのか聞いてみたんだよ。

そしたら、ルルモアさんが勘違いをしていることが解ったんだ。

「確かに神官にも攻撃魔法はある。でもそのほとんどは不死の存在へのもので、ウサギや鳥のような動物に効果のある魔法は相当高位の司祭にならないと使えないはずよ？　なのにそんな魔法をこんな歳で使えるなんてあり得ないわ」

なるほど、回復魔法が使えるって聞いて僕が神官系のジョブだって勘違いしたのか。

それなら納得。だって神官系の物理攻撃魔法って確か20レベルくらいにならないと覚えないもん。8歳で20レベル近いと思われたら、そりゃあびっくりするよね。

だから僕はそうじゃないよって教えてあげたんだ。

「ちがうよ。さっきおとうさんがいったでしょ。ぼくがつかってるのはマジックミサイル。こうげきまほうだよ」

「っ!?」

その瞬間、僕は生まれて初めて綺麗な人の間抜け面と言うものを見ることになったんだ。

はぁ～綺麗な人でもこんな顔、するんだ。

ルルモアさんの呆けたお顔を見て、僕はちょっとびっくり。

なんとなく美人さんって、いつもカッコイイってイメージない？　それにエルフと言う種族も僕の中ではそんなイメージだったから、彼女のその表情はかなり新鮮だった。

「はっ！　る、ルディーン君。それはどういうことなの？　あなた、攻撃魔法が使えるのに癒しの魔法まで使えるって言うの？　いや、でもそんな……」

そんなルルモアさんをじっと見てたら、いきなり再起動したかのように僕に詰め寄ってきた。

そして何か自分の新たな葛藤が生まれたかのように、また自分の世界に帰っていってしまった。

忙しい人だなぁ。

「でも、それしか考えられないし」

あっ、ルルモアさんの中で何か結論が出たみたい。

それでなんか真剣な顔して、こう僕に聞いてきたんだ。

「普通、魔法使いと神官の魔法は一人では使うことができないのよ。もしそれができ……」

「え〜、そんなはずないよ。だってキャリーナねえちゃんはキュアをつかえるけど、ライトつかったらゆび、ひかったもん」

ルルモアさんがなんか話してたけど、僕からしたら信じられないことを言い出したから途中で声をあげてしまった。

確かに魔法使いと神官を同時にメインジョブにするのはむりだけど、練習するのはできるよ。

これは僕だけじゃなくキャリーナ姉ちゃんもできたから、僕のチートスキルじゃない事は解ってるからね。

「ルディーン、それは本当なのか？」

ただ、この言葉に驚いたのはルルモアさんじゃなくお父さん。

どうやらお姉ちゃんが魔法使いの魔法も使えるって知らなかったみたいなんだよね。

だから僕は教えてあげたんだ。

「ほんとうだよ！　ライトってとなえると、ちゃんとゆびがひかったもん。ちょっとくらかったけど、ちゃんとできてた！」

「ルディーン君、指が光ったってどれくらい？　お日様くらい？　それともロウソククらい？」

ところが、今度はルルモアさんが僕にそう聞いてきたんだ。

もう！　いろんな方向からいっぺんに色々聞かれて、ホント困っちゃうなぁ。

「まだろうそくのひかりよりくらかった。けど、ちゃんとひかってたよ。でもおねえちゃんも、ずっとれんしゅうしてたらキュアみたいにうまくつかえるようになってたのに、つまんないってやめちゃったんだよね」

「そうなの。ぼぉっと光るだけだったのね」

なんかホッとしたような顔をするルルモアさん。

う～ん、一体何が聞きたかったんだろう？　よく解らないけど、とにかく自分の中で何か答えが出たようで一人納得しちゃってる。

僕はなにがなにやら解んなくって困ってるのに、ずるいなぁ。

そんな僕をよそに、ルルモアさんはその答え合わせをするようにお父さんに質問したんだ。

「ルディーン君も癒しの魔法が使えるようですけど、普段はどのように使われているのですか？」

「ルディーンですか？　そうだなぁ、兄弟たちが訓練で作った手のマメを治療したり、弓の練習で荒れた指先を治したりしてましたね」

「あとね、おかあさんの、てあれ？　ってのもなおしてるよ。ぼく、おねえちゃんよりキュア、うまいんだから」

「そうなの。ルディーン君、偉いわね」

ルルモアさんに褒められて僕は得意満面、エッヘンと胸をそらした。

えへへ、そしたら偉いねって頭をなでてくれたんだ。


初めは嘘ついてるって思われたけど、どうやら僕が両方の魔法を使えるって解ってもらえたみたいで一安心。

やっぱり両方の魔法を使えてもおかしくないんだと思ってほっとした僕は、最初の疑問をルルモアさんに聞くことにしたんだ。

「ねぇ、かいふくまほうがつかえるとみんながびっくりするのはわかったよ。でも、ぼくがこうげきまほうがつかえるってわかったらみんな、なんでびっくりしたの？」

キャリーナ姉ちゃんの話でうやむやになったけど、本来はこの話題だったんだよね。

回復魔法が使えるって言ったのなら、キャリーナ姉ちゃんと同じで大騒ぎになると思うよ。

でも僕があそこで言ったのは魔法でウサギを獲ってるって話だもん。

だからこそ、僕は納得する理由が聞きたかったんだ。

「それはさっきも言ったでしょ？　ルディーン君が魔法を使えるって聞いたからよ」

「うそだぁ、ぼくがつかえるっていったのはこうげきのまほうだよ。だれでもおぼえられるまほうなんだから、おどろくはずないよ」

そんな僕の言葉に困ったお顔をするルルモアさん。

そしてしばらく考えた後、こう言ったんだ。

「それはね、何度も言うけど普通の人は簡単には魔法を覚えられないからなのよ」

でもそれには僕、納得できない。

だからそれは変だよって言おうとしたんだけど、その時ルルモアさんがちょっと待てって。

「ちゃんと説明するから話を最後まで聞いてね。あのね、ルディーン君。魔法は確かに誰でも覚えられるかもしれない。でもそれにはとてもお金が掛かるのよ」

「おかね？」

「そう。普通の人はそのお金が払えないから魔法が覚えられないのよ」

お金……。

僕にはルルモアさんが言った魔法とお金の関係がよく解らなかったんだ。

だけど、彼女の次の言葉で、僕はびっくりしすぎてひっくり返ることになる。

「あのね、ルディーン君。魔法って使えるようになるまでに、普通は早い人でも金貨２００枚、遅い人だと金貨５００枚以上かかるものなのよ。そのうえ呪文の発音一つ覚えるのには更に20枚はかかるわね」

２００枚？　５００枚？　えっ？　えっ？　そんな……。

あまりに大きな数字が出ていて僕の頭は混乱する。

「でっでも、ほんをよんでもおぼえることができるよね？　それなら」

「ルディーン、本屋で聞いただろう？　知識を得る専門書は初級のものでもかなり高額なんだよ」

そう言えばお父さんに買ってもらった本はどっちも金貨60枚くらいしたっけ。

ってことは、村の図書館に置いてあった魔法の本も同じくらいしたってことなのか。

あっ、でも。

「それでもきんか60まいくらいでおぼえられるでしょ？　２００まいもかかるなんておかしいよ」

「あのねぇルディーン君。本に書かれていることを読んだだけでは一番の基本である体内の魔力さえ、普通の人は何のことだか理解できないものなのよ」

っ!?

『……？　ルディーン、まりょくってなあに？』

『え？　まりょくはまりょくだよ？　からだのなかにあう、ふしぎなちから』

『わたし、ふしぎなちからなんてないよ？　ルディーン、もしかしてそのふしぎなちからがないとまほう、つかえないの？』

そんなルルモアさんの言葉を聞いて僕は、魔法を教えてって初めて言われたあの日のキャリーナ姉ちゃんとの会話を思い出したんだ。

そういえば最初、キャリーナ姉ちゃんに魔力のことを話してもよく解らないって言ってたっけ。あのときは僕、図書館で本を読んだらやり方が書いてあったからそのままお姉ちゃんが魔法を使えるまで教えたでしょ。

もしかして僕がいなかったら、お姉ちゃんは魔法を使えるようにならなかったの？

僕は前世の記憶があるからか魔法を使うという事がそれほど難しいとは思わなかった。

だからてっきりもっと簡単に、誰でも覚えられるものなんだって思ってたのに……。

魔法の本にも解らなかったらできる人に教えてもらおうって教え方まで書いてあったもん。

だから村では誰も使えないけど、きっと街に行けばみんな使ってるんだろうなぁなんて僕は考えていたんだよね。

それなのにまさかそんなにお金が掛かるなんて。

「でもなんで？　なんでそんなにおかね、かかるの？　おねえちゃん、10かくらいおしえたらつかえるようになったよ」

「10日？　……って、もしかしてルディーン君がキャリーナさんの魔力制御を指導したの!?」

もう！　また変なところに引っかかって！　話が進まないじゃないか。

大人なのに、なんでちゃんとお話を聞かないかなぁ！

本が高いのは解ったけど、それでもなんでそんなにお金が掛かるのか解らなかったから聞いたのに、ルルモアさんは10日くらい教えたって方に気を取られちゃったんだ。

「そうだよ。それで、どうしてそんなにおかねかかるの？　もしかしておねえちゃんがてんさいで、ふつうのひとはおぼえるのに1ねんとかかかるの？」

「えっと、確かに早い方ではあるけどお姉さんは天才ではないと思うわよ。普通は半月もあれば魔力制御はできるようになるし、長い人でも一月も指導を受ければできるようになるからね」

それならなんでそんなにお金、掛かるんだろう？

知り合いに魔法使いがいれば教えてもらえるだろうから、家庭教師とかが居たとしてもそんなに高いお金は取らないと思うんだけど。

そう思って聞いてみたら、ルルモアさんからは意外な答えが返ってきた。

「あのね、ルディーン君。君、魔法が使える人は全員、魔力操作の指導ができると思ってるでしょ？」

「ちがうの？」

「魔法を使える人でも自分の体の中の魔力ならともかく、それ以外の魔力を自分の意思で動かせる人は多分十人に一人か二人しか居ないでしょうね。そしてそんな人たちが長い間訓練して、初めて他人の魔力を操れるようになるのよ」

なんと、魔力制御の指導は普通の魔法使いにはできないらしい。

自分の魔力は一度感じ取ってしまえば制御できるようになるのに苦労しないらしいんだけど、それ以外の魔力となるとそうはいかないんだって。

僕らの周りに漂っている意思のない魔力でさえ、自分の魔力とはまるで別のものだから動かせる人はあんまりいないらしいんだ。

これが他人のものとなるとその難易度は大きく跳ね上がって、普通はきちんと専用の練習をしないと動かせるようにならないんだってさ。

「それくらい人の意思が働いている魔力を動かすと言うのは難しいのよ」

そういえばキャリーナ姉ちゃんに魔法を教えてる時でも、お姉ちゃんが少しでも自分で動かそうとしたら僕も動かせなくなったっけ。

今考えると僕、確かに結構難しい事をやってたのかもしれないなぁ。

「ルディーン君、お姉さんが魔法が使えるようになるまで指導したって言っていたけど、それも本を読んで覚えたの？」

「うん。むらにあったまほうのほんにやりかたがかいてあったから、そのままやったよ」

そう言ったらあきれられてしまった。

でもそんなにお金掛かかるのなら魔法を覚えようって人、いないんじゃないかなぁ？　と、そんな事を考えたんだけど、それはまったくの見当違いらしい。

「魔法はね、色々な事ができるのよ。ルディーン君、このイーノックカウの周りには大きな壁があるでしょ？　あれ、どうやって作ったと思う？」

「もしかして、まほう？」

「正解。あの壁は魔法の力によって作られているのよ」

一般魔法には材料さえあれば物を作る事ができる魔法があって、その中には結構高レベルの魔法ではあるものの建物を作る魔法もある。

もしかしてそれを使ってあの高い壁を作ったのかなぁ？

「あんなたかいかべをまほうでつくるなんて、すごいひとがいるんだね。やっぱりおうちを作るまほうでばばぁ～ってつくっちゃったの？」

「家を作る魔法？　ああ、《びるど》の事か。いいえ、いくら優秀な魔法使いが居たとしてもあれだけ大きな壁を作るのは流石に無理かな」

ありゃ、魔法で作ったと言ってたのに建物を作る魔法で作ったわけじゃないのか。

ならどうやって作ったんだろう？

「魔法にはね、土から石を作ったり重いものを軽くしたりできる魔法があるのよ。この二つはある程度熟練した魔法使いなら比較的簡単に覚えられるから、多くの魔法使いがその二つを使ってあの壁を作り上げたのよ」

「なるほど。いっぱいいれば、あんなおおきなものでもつくれるのか」

そっかぁ、あの壁を作れるくらい魔法使いがいっぱいいるんだね。

やっぱり街は凄いなぁ。

「このように大きな壁を作ったり、川に橋を架けたりする仕事は魔法使いが居ないとかなり大変だと言う事がルディーン君にも解るわよね。だからそんな仕事をしている魔法使いたちはいっぱいお金がもらえるのよ」

「そっか、だからいっぱいおかねをつかっても、まほうつかいになりたいってひとがいるんだね」

「そういう事よ。あとね、領地を持つ貴族も魔法が使えれば色々と便利だから子供に魔法の勉強をさせる人が多いわね」

自分で工事ができるのなら人を雇わなくても良くなるし、そうじゃなくてもここをこうして欲しいと説明するにしても自分でできた方が伝えやすそうだもん。

それに魔法は攻撃や防御に使えるから、いざと言う時に身を守る方法として覚えて損はないんだろうなぁ。

「だったら、いどうがおおいしょうにんさんたちもおぼえてるひと、おおいだろうね。ぼうぎょのまほうがつかえたほうがいいとおもうし」

「そうね。確かに大きな商会の跡取りの中には魔法を覚える人もいるわ。でも他の勉強もあるから魔法使いを雇う方が多いかな？　魔法ってかなり小さい頃から、それこそ3～4歳くらいから練習を始めてやっと使えるようになるものですもの」

そんなに小さいうちからやらないといけないのか。

って、よく考えたら僕も4歳から練習をしてたっけ。

「えっ、そんなに小さい頃から練習しなくてはいけないのですか？　うちのキャリーナは7歳の頃から魔法の練習を始めたみたいなんですが」

そんな事を考えていたらお父さんが、キャリーナ姉ちゃんの事を質問した。

そう言えばお姉ちゃんは僕の三つ上だから、7歳で練習を始めたんだよね。

早いうちから始めなければいけないのなら、これから問題が出てくるかもしれないもん。

でも、そんな心配は要らなかったみたい。

「ああ、それくらいなら問題は無いですよ。早いうちから練習を始めた方がいいのは、外国語と同じく呪文の発音も小さいうちの方が覚えやすいと言う理由ですから」

呪文を覚えるのは早く始めた方が有利だから、普通は4歳くらいから始めるんだってさ。

「さて、ルディーン君。最初に君が持った疑問は覚えてる？」

「ぎもん？」

そう言われて僕は、何故みんなが僕の方を一斉に見たのかって話で大騒ぎしたのを思い出した。

いろんな事を聞いているうちに、すっかり忘れてたよ。

「その顔からすると思い出したみたいね。ではここまでの話を聞いて、何故ギルド内に居た人たちがルディーン君が魔法を使えると聞いてあんなに驚いたのか、解った？」

魔法を覚えるのにはお金が掛かると言うのは解ったよ。

でも、逆に言えばお金があれば魔法を覚えられるんだから、それで驚かれたということはないと思うんだよね。

「う～ん、わかんない」

「解らないかぁ」

僕の答えに苦笑いするルルモアさん。

そしてお父さんもそんな僕を見て、

「まぁ、ルディーンはこのイーノックカウに来るまでお金を見たことも無かったから仕方がないだろうなぁ」

なんて言ったんだ。

そしてそのお父さんの言葉を聞いて僕はある事を思いついたので、それを試しに言ってみた。

「もしかして、まほうつかいはおかねもちだから、ぼうけんしゃにならないの？」

そんな僕の言葉にルルモアさんとお父さんは笑顔で頷いた。

そっか、お金がある人は冒険者にはならないんだね。

あれ？　でもそれだとちょっと変じゃない？

だってお父さん、とっても高い魔道具や錬金術の本を僕に買ってくれるくらいお金持ってるのに冒険者じゃないか。

お金をいっぱい持ってたら冒険者にならないのなら、お父さんが冒険者なのはおかしいよ。

そう思って、その疑問をお父さんにぶつけてみたんだ。

「うそだぁ。おとうさんもおかあさんも、おかねいっぱいもってるんでしょ？　まどうぐとれんきんじゅつのほん、にさつもぼくにかってくれたもん。なのにぼうけんしゃじゃないか！」

「あ～それは違うぞルディーン。お父さんたちはお金があるのに冒険者になったんじゃなく、冒険者ギルドに所属して依頼の入っている魔物の素材を納品したり、それ以外の素材を売ったりしているからお金があるんだ」

えっと、じゃあお父さんがお金を持ってるのは冒険者だからって事だよね？

じゃあ冒険者はお金をいっぱい持ってるって事？

ならお金をもっと増やす為に魔法使いも冒険者になったほうがいいんじゃないかなぁ？

そう思ってお父さんに聞いてみたらこんな風に言われちゃった。

「初めからお金があるのなら、危険な冒険者になんかならなくてもいいだろ」

ああそう言えば冒険者って危険なんだっけ。

「そうよ、ルディーン君。冒険者と言うのは本来、家族が多くて村にいても自分の畑が持てなかったり、街に住んでいても次男以降の生まれで家の跡を継げない子供たちが他の職に就けなかったりした時に仕方なくなるって場合が殆どなの。それなのに他にいくらでもお金が稼げる魔法使いが、危険な冒険者になろうなんて言いだしたら普通は驚くでしょ？」

なるほど、そう言われればその通りかもしれない。

街の中だったら、危険な目にあうことなんてほとんど無いよね。

それに衛兵さんが見回りしてるから、もし悪ものが居ても助けてくれるし。

なのに安全でお金もいっぱい稼げるはずの魔法使いが冒険者になります！　ってギルドに来たらみんなびっくりするよね。

「そっか。いたいのはみんないやだし、おしごとがあるならぼうけんしゃになるのはへんだもんね。ぼくわかったよ」

「そう言う事。だからみんなルディーン君が魔法を使えるって聞いて驚いたのよ。解ってくれて安心したわ」

　そうルルモアさんは、心底安心したような顔で僕に微笑みかけてくれた。

　そう言えば僕、初めにこの部屋に来た時、泣いちゃったんだよね。

　きっとルルモアさんはそんな僕を見て心配してたんだと思う。

「ごめんね。ないちゃったりして」

「いいのよ、ルディーン君もきっと不安だっただけですもの。解ってくれただけで私は満足です」

　きちっと謝ったらルルモアさんはそう言って許してくれたんだ。

「うん！　ありがと」

　だから僕、そう言って笑ったんだよ。

　だってこれでこのお話はおしまいだって思ったんだもん。

「では魔法が使えるルディーンが冒険者登録するというのは、変わり者の烙印を押される可能性があったのですね？」

　でもお父さんが急にこんなこと言い出したんだよ。

　そしたらそれを聞いた、ルルモアさんまでそうだよって言うんだもん。

　だから僕、びっくりしたんだ。

「そうなの？」

「ええ、そうね。一般的には魔法使いとしての職を探す方が有効なのにわざわざ冒険者になろうと考えるひとはあまりいないから」

「そうですか。ルディーン、お前も周りの人から変なのって言われたくはないだろ？　だからな、魔法が使えるってのはなるべく秘密にしておけ。村でならいくら話してもいいけど、他の場所ではな」

「うん！　ぼく、ひみつにするよ」

僕、変な人って言われるのはやだもん。

だからお父さんのいう事を聞いて、絶対内緒にするぞって思ったんだ。

下でのお話が解決したから、やっと今日冒険者ギルドに来た目的である僕の登録をする事になった。

「それじゃあルディーン君、ちょっと視せてもらうわよ」

「みる？」

何を見るんだろう？　いきなりこんな事を言われた僕は何のことだか解らず、頭をこてんっと倒す。

僕の顔ならさっきからずっと見てるし、病気になっても神殿に行くだけで医者にかかるわけじゃないから、胸をはだけて聴診器を当てるなんて事もしないんだよね。

だからこれ以上何を見るのか、僕にはさっぱり解らなかったんだ。

そんな僕に、ルルモアさんはこれはうっかり！　とばかりに自分の頭を軽く叩いてから教えてくれたんだよ。

「ああ、そう言えば説明してなかったわね。私たちギルドの登録職員はみんな鑑定士と言う職を持っているの。この職を持つ人は、相手の能力を数値化して視る事ができるのよ」

「のうりょくをみるの？　ならジョブとかもわかる？」

鑑定士と言っているけど、話の流れからすると多分盗賊の鑑定解析じゃなくてステータスチェックの事かな？

だったらジョブとかスキルとかも解るかもしれない。

でもそうなるとびっくりさせちゃうかもしれないなぁ。

多分賢者ってジョブはかなり珍しいだろうからね。

ところが僕のそんな心配、する必要はなかったんだ。

「あら、ジョブの事を知っているなんてルディーン君は物知りなのね。でも残念、私は能力値を詳しく視る事はできるんだけど、その他はまだ視る事ができないのよ」

「そっか、ジョブはわかんないのかぁ」

残念ながらルルモアさんはステータスチェックはできるけど、ジョブとかスキルまでは見る事ができないらしい。

あっ、でもまだって事は。

「まだってことは、いつかみえるようになるってこと？　じゃあ、みえるひともいるの？」

「ジョブが視える人？　いるわよ。でもそんな人はこんな辺境じゃなくて帝都とか有名なダンジョンや遺跡が近くにある都市の冒険者ギルドに配属されているわね」

　なるほど、ステータスを詳しく見る事ができる人は本部とかもっと重要な場所に配属されてるってことなのか。

　まぁ、確かにイーノックカウの近くにある森は採取専門の人が入っても問題がないくらい安全なところみたいだし、そんな場所にそこまで優秀な鑑定士を置く必要も無いだろうからここに居ないというのも解る気がする。

　そんな事を考えていると、お父さんがいやいやそんな事はないとルルモアさんの優秀さを僕に教えてくれたんだ。

「ルディーン、本人はこう言っているけどお前はツイてるんだぞ。ルルモアさんは攻撃魔力と治癒魔力まで見る事ができるくらい優秀なんだ。お前はまだ小さいから、もしかするとFクラス登録を断られる可能性があるかもしれないと心配していたんだけど、この人なら攻撃魔法の能力を加味して登録の許可を出してくれるだろうから安心だな」

「ふふふっ、おだてても何も出ませんよ。私はまだそこまでしかできないのだから、ああ、せめて成長限界くらいは視られたらいいのに」

　お父さんの言葉を微笑みながら否定するルルモアさん。

　こんな言い方をしているけど、本当はお父さんに褒められて嬉しかったんだろうね。

　ところで成長限界って、ジョブの横に出てくるあれだよなぁ。

「せいちょうげんかい？」

「ああ、それは知らないのね。上級の鑑定士はね、その人の強さも数値で知る事ができるの。これを私たちの間ではレベルと呼んでいるんだけど、その上限の事を成長限界と言うのよ」

やっぱりか。

と言う事はあれってジョブごとの上限じゃなく本人の成長限界、レベルキャップって事？

僕の場合、賢者は30だけど魔道具職人は50が限界となってるからてっきりジョブによってキャップが違うんだと思ってたんだ。

でもあれはジョブと生産職のレベルキャップの違いを表してただけなのか。

っていう事はもしかして、人によってキャップが違うなんて事もあったりする？

「せいちょうげんかいがみえるようになるって、げんかいはひとによってちがうものなの？」

「ええ、そうよ。そしてその成長限界値はそのまま、レベルの上がりやすさを表してもいるのよ」

どういう事？　レベルキャップの違いがレベルの上がりやすさとどう関わってくるんだろう？

あっ、そう言えばこの世界では体が大きい人は体力の数値も高かったりするし、レベルキャップが高い人は能力値の上昇率も低い人より良かったりするのかな？

そんな僕の疑問が顔に出てたんだろうね。

「次のレベルに上がるためには後どれくらい頑張ればいいかを視る事が出来る鑑定士がいないから、これはあくまでこう考えられていると言う話ね」

ルルモアさんはこう前置きをしてから、詳しく説明し始めたんだ。

「例えば30レベルが上限の人が10レベルになるのに魔物を１０００匹倒さないといけないとして、

ルディーン君は20レベルの人は何匹倒せば10レベルになれると思う？」

「おなじ10れべるなら、１０００ひきでしょ？」

ゲームではレベル上限開放クエストをクリアして50キャップになっている人もそうじゃない人も、もらえる経験値が10の魔物は誰が狩っても同じ様に10だった。

だから僕はレベルキャップで取得経験値は左右されないと思ってこう答えたんだけど、次のルルモアさんの言葉でそれは間違いだって知らされることになったんだ。

「それが違うのよ。20レベルが限界の人が10レベルになろうと思ったら１５００匹の魔物を狩らなければならないわ。実はね、どんな人でも成長限界に達するまでに必要な経験は誰もが同じだと考えられているの」

本当はこんな単純な話ではないし、正確にはここまではっきりとした違いは出ないけどと前置きしてからルルモアさんは詳しい説明をしてくれた。

「仮に30レベルが上限の人が１０００匹狩れば10レベルになるのなら、限界までに必要な魔物の数は３０００匹って事よね。なら20レベルが上限の人にとって10レベルは上限の半分だから３０００匹の半分である１５００匹の魔物を狩らないといけないのよ」

なんとびっくり、それじゃあレベルキャップって成長の限界であると同時に経験効率の限界でもあるって事じゃないか。

僕はね、ルルモアさんの話を聞いて二人のお兄ちゃんの事を思い出したんだ。

前から不思議だったけど、ディック兄ちゃんよりテオドル兄ちゃんの方がレベルが高かったのはレベルキャップのせいだったんだね。

「そっか、だからなんだぁ」

そう一人で納得してたら、そんな僕を見て不思議に思ったみたい。

「ん？　どうしたのかな、ルディーン君」

「あのねぇ、ディックにいちゃんよりテオドルにいちゃんのほうがつよくなったけど、それはいっぱいみつけたからじゃなかったんだってわかったんだ」

「？？？」

あれ？　僕がせっかく説明してあげたのにルルモアさんが不思議そうな顔をしてる。なんで？

そんなルルモアさんは何か僕に言いかけたんだけど、それを取りやめてお父さんの方へと目を向けたんだ。

するとお父さんはちょっと苦笑い。

「ああ、きっとルディーンは一番上の兄であるディックよりも二番目の兄であるテオドルの方が狩りがうまくなったのを、今までは獲物を多く見つけて狩ったからだと考えていたんだと思います。ところがルルモアさんの話を聞いて、成長限界？　ですか、実はそれのせいでテオドルの方が強くなったんだと解ったと言いたかったんじゃないかと。そうだろ、ルディーン？」

「そうだよ。だからそういってるじゃないか！」

どうやらお父さんが説明したら、ルルモアさんも僕が言っていた意味を解ってくれたみたい。

でもあんなにきちっと話してあげたのに解らないなんて、大人なのにホント困っちゃうなぁ。

「成長限界の話は解ったかな？　それじゃあ今度こそ視せて貰うわね」

ルルモアさんはそう言ってスキルを見始めたんだけど……なんだろう？　何か変なところでも見つけたのかなぁ？

さっきまではニコニコしてお話してくれてたのに、今は決意を秘めたような真剣なお顔で僕を見つめてるんだもん。

今の僕のステータスは確かに高めではあるけど、こんな顔をするほどなのかなぁ？

このごろは人のステータスをほとんど見てないから他の人がどうなのかよく解らない僕は、ただ黙って鑑定を待つしかないんだよね。

そしてルルモアさんが、やっとその口を開いたんだ。

「ルディーン君、一つ聞かせてもらってもいい？」

「うん、いいよ」

「あなたは魔法で獲物を狩っていると言っていたわね。その魔法ってどうやって覚えたの？」

ん？　なんか普通の質問だ。

ってことはこの真剣な表情は別に僕が変だからじゃなく、お仕事だからまじめな顔でやってただけなのか。

安心した僕はルルモアさんに聞かれたことをちゃんと答えたんだ。

「むらのとしょかんにあった、まほうのほんをよんでおぼえたんだよ」

「言い方が悪かったわね。私が聞きたかったのはルディーン君が何歳くらいから練習を始めて、今までどんな風にそれを続けてきたのか、そういう話を知りたかったの」

ああそうか、僕間違えちゃった。

そういえば僕は教えてくれる人がいないグランリルの村からきたんだから、本を読んで魔法を覚えたのなんて普通に考えれば解るもんね。

「えっとね、ぼくがれんしゅうをはじめたのは4さいのときだよ」

「そう、やっぱり練習を始めたのはかなり早かったのね」

「うん！　でね、それからはずっとおなじことをやってきたんだ」

ルルモアさんはお話を頷きながら、真剣に聞いてくれている。

だから僕、いつもやってることをちゃんと全部話さなきゃ！　って思ったんだ。

「まずはあさおきてね、すぐにまほうがつかえなくなるまで、なんかいもライトのじゅもんのれんしゅうをして、そのあとあさのおてつだい。それで、ごはんたべたあともちょっとだけおてつだいして、またまほうがつかえるようになったら、つかえなくなるまでれんしゅうしてたんだ」

「えっ？」

「でね、おひるごはんのあとはまほうがうまくなるように、ほんをよんでおべんきょうして、ゆうがたになったらおにいちゃんやおねえちゃんあいてに、またまほうのれんしゅう」

「えっ？　えっ？」

「でね、ねるまえに、もういちどまほうがつかえなくなるまでれんしゅうして、それからねてた」

「…………」

あれ？　ルルモアさん、なんか黙っちゃった。

もしかしてこの練習をこの街にきても続けてると思って、そんなこと宿でやったら周りに迷惑になるでしょって思っちゃったのかなぁ？

「あっ、ここにきてからはやってないよ。しらないひとばっかりだから、おこられちゃうかもしれないもんね」

そう言って僕はちゃんと周りの人のことも考えてるよって教えてあげたんだけど、ルルモアさんの表情は優れない。

と言うか、あからさまに怒っている気配が感じられるんだよね。

もしかして僕、やっちゃいけないことを知らないうちにやってたのかなぁ？

でも今までお父さんたちから叱られたことないから、怒られる様なことはやってないはずなんだけど……。

そうはいっても、この雰囲気に負けて僕はちょとずつ不安にはなっていったんだ。

でもねぇ、ルルモアさんの怒りの矛先は僕じゃなかったみたい。

ガタン！

ルルモアさんはそんな大きな音を立てながらいきなり立ち上がると、キッとお父さんを睨みつけてこう叱りつけたんだ。

「カールフェルトさん！　あなたって人は、子供になんて苦行をやらせているのですか！　まったく、信じられないわ。児童虐待です！　こんなハードな生活、鉱山へ送られた犯罪奴隷でもやらされていませんよ！」

「えっ？　ええぇ〜っ!?」

……どうやら僕がやっていた魔法の練習は、常識はずれだったようです。

それからちょっとして。

「ルディーン君が自主的にやっていたようですからもう何も言いませんが、それでも親としては監督不十分ですよ」

「はぁ、すみません」

魔法の練習は僕がかってにやっていたんだよって一生懸命説明して、やっとルルモアさんはお父さんを許してくれた。

でも、僕がやってたのってそんなにおかしなことだったのかなぁ？　そう思って聞いてみたら。

「あのねぇ、ルディーン君。魔法の練習は普通、魔力が枯渇するまでやったりしないものなのよ」

「ええ、そうなの？」

なんと僕がやっていた練習は、何から何まで全部おかしかったんだって。

「ルディーン君は大丈夫だったみたいだけど、人によっては魔力枯渇で体調を崩す人もいるのよ。

だからちゃんとした指導者の下で、体調を見ながら練習をするのが普通ね。ルディーン君がやっていた無茶な練習は、ある程度魔法になれた子だって絶対やらないわよ」

魔法というのは本来、連発なんかしないものらしい。

そういえば確かにライトなんかは一度唱えればかなりの間光り続けるし、攻撃魔法だって威力が高い分連発すれば魔物をひきつけるから危ないもん。

魔法を連続で使わないのなら、僕みたいな練習をさせようと考える人がいないというのも解るよね。

「それに魔法を覚えるのは主にお金のある人たちだから指導する方も特に気を使ってるし、ルディーン君のような無茶な練習を、それも小さな頃から続けたなんて話は聞いた事がないわね」

僕は危ないことをやってるなんて思って無かったからあんな無茶な練習をずっとしてきたけど、それを知っている人なら絶対にやらせない練習法だったたって訳だ。

でも、そうなるとキャリーナ姉ちゃんが途中でライトの練習をやめたのは良かったのかもしれないなぁ。

キュアはお姉ちゃんたちの小さなケガを治すくらいしか練習する方法が無かったから良かったけど、もしライトの練習を僕みたいにやってたら病気になってたかもしれないもんね。

「でも、そっか。ルディーン君の今があるのはそんな無茶をしたからなんだね」

「えっ、なんのこと？」

ルルモアさんが納得したってお顔で呟いたから聞いてみたんだけど、そしたら僕の知らない言葉が飛び出してきたんだ。

「断言はできないけど、能力値からすると君は何かしらのジョブをすでに得ているはずなの。でも年齢から考えて普通ではありえないから、私はてっきり君がかなり強い加護持ちなんじゃないかって考えていたのよ」

加護持ち？　それって一体なんだろう？

僕はステータスを見る事ができるから、自分にそんなスキルが備わっていないことを知ってる。

まぁルルモアさんもそう思ってたって言ったから、実際には僕についてなかったんだろうけど、ちょっと気になるよね。

ところが。

「ああ、ルディーンは加護持ちらしいですよ。前に知り合ったエルフがそう熱く語ってくれましたから」

お父さんがいきなりこんな事を言いだしたから僕は大混乱。

もしかして知らないうちにそんなスキルが付いたのかと思ってステータスを開いてみたけど、僕のスキルの欄には相変わらず治癒魔力UP小しかなかったんだ。

「おとうさん、かごってなに？　ぼく、しらないよ」

「なんだルディーン、お前ヒュランデルさんの話を聞いてなかったのか？　あの話を聞いたから俺はお前に錬金術の本を買ってやる気になったんだぞ」

あの話？　錬金術の本？　ってことは、僕が油の事を考えていてお父さんたちの会話を聞いていなかった時にその話が出たのか。

でもそんなものは僕には付いてないんだよなぁ。

もしかしてお父さん、ヒュランデルさんに言いくるめられて高い本を買わされちゃったとか？

「ヒュランデル？　って、もしかしてヒュランデル書店の店主、セラフィーナ・ヒュランデルさんですか？」

僕がそんなことを考えていたら、ルルモアさんが彼女の名前に反応したんだ。

だから僕は、名前を聞いてピンときたってことは、やっぱりおだてられて買わされたのかなぁ？なんてちょっと失礼なことを考えたんだけど、

「ええ。昨日訪れた書店の店主であるヒュランデルさんがルディーンを見て『この子は加護持ちですから魔法の道へと進めば、いずれ大成します。だから魔道具作りもいいですが、より安価で練習になる錬金術を覚えるべきですわ』と言われたので、昨日この子に本を買い与えたんですよ」

「なるほど、彼女がそう言ったのならルディーン君は間違いなく加護持ちですね。彼女は成長限界を視ることができるそうですから」

なんとルルモアさんは、僕が加護持ちであると認めちゃったんだ。

ちょっと待って、さっき確認したけど僕にそんなスキルは付いてないんだよ。

ってことはこの加護持ちって、ドラゴン＆マジック・オンライン当時にはなかったスキルなの？

そう思った僕は、ルルモアさんにそのままぶつけてみることにした。

「ねぇ、かごもちってなに？　ぼく、なんかすごいの？」

「ああ、そういえばルディーン君は聞いてなかったのよね。さっき成長限界の話をしたでしょ？　加護持ちって言うのは、その成長限界が30を超えている人を指す言葉なのよ」

「そっか。かごもちって、30をこえたひとのことなのかぁ」

僕のレベルキャップは30、確かにぎりぎりその数値を超えてるなぁ。

でも、30オーバーだと何か普通の人と違うの？　さっきの話だとレベルが上がりやすいくらいしか無かったと思うんだけど。

「その顔はピンと来てない感じね。でもルディーン君が加護持ちと聞いて疑問に思っていた全てのパーツがそろって、私はすっきりした気分なの。あのね、成長限界にはもう一つ秘密があって、加護持ちの人はジョブが付き易くなるのよ」

「ええっ!?　ジョブって30いじょうになれるひとだとつきやすくなるの！」

なんと、レベルキャップにはそんな秘密があったのか。

「ええ、そうよ。それとジョブには前段階と言われる一般職があって、それを10レベルまであげて初めてジョブをつける準備が出来上がるの。だから最初はルディーン君がその歳でジョブを得ていることが信じられなかったのよね」

「そっか、ぼくがそのかごもちってのだから、ジョブがもうついていてもふしぎじゃないっておもったんだね」

「う～ん、それもそうなんだけど、正確には違うかな？　たとえ加護持ちでもルディーン君の歳でジョブを得ることは普通ならたぶん無理よ。でもね、君が今までやってきた練習を考えれば当たり

だ。

そう聞き返したら、ルルモアさんは大きく頷いて自分がなぜそう思ったのか僕に教えてくれたん
「ルディーン君の練習方法はさっきも言った通り壮絶なものだったわ。それこそ一番最初の段階ですでに普通の人の5倍から6倍の練習量だったのに、MPが増えた後も枯渇するまで練習を続けたのよね。それこそ普通に魔法使いを目指す人の十数倍の練習をして、その経験を積み上げたということでしょ。きっと何年もかけて得るはずの見習い魔法使いを早いうちに取得して、レベルもあっと言う間に上がってしまったんでしょうね」

「そっか、ふつうじゃないもんね、ぼくのれんしゅう」

なんか納得させられる説明だなぁ。

一般職は練習をすれば上げられるけど、僕はその練習が非常識すぎて8歳になった時にもう一般職がカンストしてたから、いきなりジョブを得たってわけか。

あと、なんで上級職の賢者になれたのかも解った気がする。

まずは無茶な練習を続けたおかげで、見習い魔法使いと見習い神官の両方が10レベルになれるくらい経験がたまったんだと思う。

本来ならそこからジョブに変化して成長が緩やかになるはずなんだろうけど、まだ8歳になってなかったでしょ。

結果一般職を得ることなく、経験だけが増えていったんじゃないかなぁ。

見習い一般職が10レベルになってもそれはあくまでジョブを得る条件がそろっただけだから、ジョブに昇華されなければ更に上がり続けるのかもしれないもん。

結果両方が30になって見習い賢者なんて本来はない一般職が生まれたんじゃないかって僕は想像したんだ。

と言うか、そうでもなければいきなり賢者になるなんて考えられないもん。

それが正しいのかどうかは解んないけど、今の状態になった理由を僕はそう思うことにしたんだ。

閑話　なんということ！

私、マリアーナ・ルルモアが冒険者登録受付のベルが鳴ったので階段を降りていくと、そこには珍しい顔が。

「あらカールフェルトさん。今日はどうなさったんですか？」

この人はハンス・カールフェルトさん。

イーノックカウから少し離れた場所にあるグランリルというところに住んでいる人なんだけれど、そこはちょっと特殊な村なのよね。

近くに強い魔力溜まりのある森があって、そこには他とは比べ物にならないほど強い魔物が生息しているのよ。

グランリルの住人はその魔物たちを狩って生計を立てているから、その住人すべてが私たちからすれば規格外。

大人たちは全員が最低でもCランク程度の実力を持っていて、その中でも上位に入るこのカールフェルトさんは村人と一緒に組んでいるパーティーがAランク相当、ソロでもBランクに匹敵するほどの力を持っているの。

それだけにうちのギルドマスターはランク試験を受けてもらえないかと度々依頼をするのだけど、試験なんて面倒くさいし村での狩りには必要ないからといつも断られているのよね。

だからこの人だけじゃなくグランリルの人たちは皆、いまだにEランクのままなのよ。

ギルドでは冒険者が無謀な挑戦をして死んでしまうのを防ぐ為にランクが二つ上の依頼までしか受けられない規則になっているの。

この規則がグランリルの村の者たちにB以上の指名依頼を受けさせようと考えるギルドマスターの障害になっていて、何とかならないかといつもグチを聞かされているのだけれど……。

冒険者登録受付のベルが鳴ったということは、試験を受けに来てくれたわけじゃないわよね。

今日の受付が私と知って喜ぶカールフェルトさんの顔を見ながら、ギルドマスターの苦悩はまだまだ続きそうねと心の中で小さくため息をついた。


カールフェルトさんが連れて来たのは、彼の息子でルディーン君8歳。

初めに見た時はまだこんなに小さいのにもう登録するの？　と考えたのだけど、これがとんでもない子だったのよね。

なんと、この歳でもう魔法が使えるというのよ。それも鳥を狩れるほどの威力がある魔法を。

その上、それを多くの人がいる受付でしゃべってしまったものだからもう大変。

慌てて2階にある個室に移動することになったんだけど、私の驚きはそこで終わらなかったのよね。

なんと半年くらい前に連れてきたキャリーナって子まで魔法を、それも治癒魔法を使えるっていうじゃない。

いったいどうなっているのよ。


私の驚きは続く。

なんと、ルディーン君まで癒しの魔法を使えると言いだしたのよ。

でもそれは本来、有り得ない話なの。

そもそも魔法は攻撃であろうと癒しであろうと魔力を循環させて使うという基本は同じ。

だけど小さなころに両方の練習をしていたとしても、ジョブを取得した時点でそのどちらかしか使えなくなるらしいのよ。

これはジョブが決まった時点で体内の魔力がそのどちらかに大きく振れるからと言われている。

ただ、両方の魔法を使える人がまったく居ないと言うわけじゃないのよ。

ごくまれにだけど、ジョブとは別にサブジョブと言うものを身に付ける人がいるのだから。

でもね、それには物凄く大変な修行と長い時間を必要とするわ。

それだけにルディーン君がウサギや鳥を魔法で狩っているのに癒しの魔法まで使えるときいて私は驚いたわ。まさかこの歳で!?　ってね。

でもその後の話を聞いて私は納得した。

ああ、この子は癒しの魔法が発動することを使えると言っているのか。

この歳ならまだジョブは取得していないし、それならば両方の魔法が発動してもおかしくは無いものね。

そんなことを考えていたころもありました。

「それじゃあ今度こそ視せて貰うわね」

それから色々あって、私はやっとスキルを見始めたんだけど……。

なにこれ？　ルディーン君って確か8歳だって言ってたわよね？　それでこのステータスなの!?

HP……80
MP……135
筋力……48
知力……105
敏捷……43
信仰……95
体力……50
精神力……125
物理攻撃力……28
攻撃魔力……85

治癒魔力　：　１３０

目の前に並ぶとんでもない数字、それが信じられず私は何度も鑑定をしなおした。

しかしいくら鑑定しても出てくる数字が変わらないということは、ルディーン君のステータスは間違いなくこの通りなのだろう。

でもこの数値が本当なら、彼はすでに何かしらの魔法職のジョブについていて、なおかつ最低でも2レベル、もしかすると3レベルまで上がっているということになるのよねぇ。

普通なら8歳という年齢でジョブを得るなんてことはありえないはずだ。

そもそもそのジョブを得るのには、その前段階と言われる見習い職が10レベルに達する必要があると私は教えられている。

その見習い職でさえ、真剣に一つの職業を目指しても普通は10歳までに得ることができれば早い方だといわれているのよ。

職とジョブが分かれているのは、その二つが似て非なるものだといわれているからなのよね。

一般職はあくまで技術であり、その技術を磨くことで筋力や魔力が鍛えられて能力が上がる。

それに対しジョブは動物が魔石を得て魔物に変異するのと同じように、人間またはそれに近い種が魔力を取り込んで変異することによって能力が上がるものだと考えられているからだ。

ここで問題なのはなぜルディーン君は8歳という幼い年齢でジョブを得ることができたのか？

これはあくまで私の仮説なんだけど、彼は加護持ちと呼ばれるジョブを得やすいタイプなのかも知れないわね。

加護持ちというのは別に本当に神様の加護を得ているわけじゃない。

多くの人は20レベル前半が成長限界なのに、三百人に一人くらいの割合で30を超える人が現れる。

それを加護持ちと私たち鑑定士は呼んでいるの。

その中には30台中盤と言う信じられないほど高い成長限界を持って生まれて来て、後に英雄と呼ばれた人たちもいたらしいもの。

もしかしたらルディーン君もそんな英雄予備軍かもしれないわね。

しかしこれはあくまで私の仮説であり予想でしかない。

だからこそ、ルディーン君に聞かなければならない。

彼がどうしてこれ程の力を得ることができたのか、その理由を知るために。

そう決意して聞いてはみたのだけれど……。

なるほど、納得したわ。

「カールフェルトさん！　あなたって人は、子供になんて苦行をやらせているのですか！　まったく、信じられないわ。児童虐待です！　こんなハードな生活、鉱山へ送られた犯罪奴隷でもやらされていませんよ！」

「えっ？　えええ～っ!?」

大人でも決してやらないほどの過酷な修行。

その成果が今のルディーン君を作ったと知った私は、それでも人の親ですか！　と、しばらくの間カールフェルトさんを叱りつけるのだった。

9 冒険者登録、できたぁ!

「ところでルルモアさん、ルディーンの結果はどうだったんだ?」

「Fランク冒険者の資格? もちろん合格よ。と言うより、むしろこちらから登録をお願いしたいくらいかな? 帝国全体を見渡しても魔法を使える冒険者は数えるほどしか居ないうえに、こんな辺境の都市であるイーノックカウに至っては一人も居ない状態だからね。魔族とまでは言わないけどもし属性に特化した魔物が現れでもしたらと思うと対抗手段が何も無い今の状況は不安でしかないもの。ルディーン君の加盟は大歓迎だわ」

どうやら僕の冒険者登録はなんの問題も無く認められるみたいで一安心。

ただルルモアさんが言った言葉にお父さんは何か引っかかったのか、苦笑いを浮かべた。

「おいおい、ルディーンはここに住むわけじゃないぞ」

「解ってるわ。でも、比較的近くの村に魔法を使える冒険者が居るのと、このイーノックカウまでくるのに十数日もかかる程離れた場所に居るのとではまるで違うでしょ」

グランリルの村からイーノックカウまでなら馬車でも6時間ちょっとで来られるし、お父さんの馬に乗せてもらえば3時間もあればたどり着けると思う。

それなら何か問題が起こった時に間に合わないほど時間が掛かるわけじゃないから、今の状況よりは安心できるって言うのも解るよね。

「それに冒険者ではないけど色々な職についている魔法使いは居るし、彼らだって攻撃は無理でも2～3日なら足止めくらいはできるでしょ？　そう考えると、やっぱり近くの村に戦える魔法使いが居るってのは安心感が違うのよね」

「確かに攻撃魔法は覚えても戦いにしか使えないけど、障壁の魔法は工事中の事故が起きた時にも使えるから、結構覚えてるそうだからなぁ」

障壁ってことはプロテクト・シールドかな？

あれは魔法使いなら1レベルから使える魔法だから確かに誰でも覚えられるけど、物理攻撃防御専用だよ？

でも属性系の魔物は魔法を使うから、マジック・プロテクションを使わないとダメだもん。

これも1レベルで覚えられる魔法だけど、工事中の事故では使わないから覚えてる人ってそんなに多くないいんじゃないかな？

「まぁ、私がこの街に来てから一度もそんな魔物が出たことはないからそれほど心配する必要はないと思うけど、このごろ近くの森の魔力溜まりが変化してきてるらしいからちょっと心配なのよね」

「へんか？」

魔力溜まりが変化してるってどういうことだろう?

そう思った僕は、そう言いながらお父さんの顔を見たんだ。

「ルディーンはいろいろ知ってるのに、魔力溜まりの事は何も知らないんだなぁ」

するとお父さんはそう言いながら、魔力溜まりについて詳しく教えてくれたんだ。

魔力溜まりから出ている魔力って、大きく別けて巨大化、骨強化、状態異常、属性の四つの性質が混ざり合っているんだって。

普通はその四つの内のどれか一つから二つの性質が強く出ていて、それによってどんな魔物に変わるのか決まってるんだってさ。

「ちなみにこのイーノックカウ近くの森で一番強い性質は巨大化だったかな? ただそれが変化を始めているのなら、近い内に今まで見かけなかった魔物が出てくる可能性があるってことだ」

「そっか、だからぞくせいのまものがでてくるかもってしんぱいしてるんだね」

「そういうこと。だからルディーン君、君にはもう一人、会って欲しい人が居るのよ」

えっ? 属性系の魔物が出るようになるかもしれないから僕に会いたい人が居るってそれ、どういうこと?

突然の展開に僕の頭の上にはいっぱいのハテナマークが、くるくるとダンスしてたんだ。

「魔力溜まりの変化が理由で会ってほしい? ルルモアさん、ルディーンを誰に会わせようっていうんですか?」

「あら、ここまで言っても解らないんですか? カールフェルトさん。あなたが登録した時も会った、あの人ですよ」

「俺が？　……ああ、そういうことか。ならルディーンは？」

「ええ、彼はもうジョブ持ちのようですからね。承認してもらわないと」

お父さんも僕がこれから誰に会うのか解っているみたいで、二人で頷きあいながら納得してるんだけど、僕には何が何やらさっぱり解らないもん。

「も～！　いったいなんなの！　ぼく、だれにあうの！　ふたりでわかっても、ぼく、わかんないよ！　そんないじわるするなら、ぼく、とうろくしなくていいから、もうかえる！」

もうみんなどうでもよくなってそう叫んだら、ルルモアさんが大慌てで僕のそばに飛んできて、今から会う人のことを教えてくれたんだ。

「わぁ！　ごめん、ルディーン君。あなたに会ってほしいのはこのギルドで一番偉い人、ギルドマスターよ」

なんと！　僕がこれから会うのはすっごく偉い人だった。

でも、なんで僕がそんな人に会わないといけないの？

そう思ってお父さんの方を見ると、笑いながらこう言ったんだよ。

「ルディーン。どうやらお前はFランクを飛び越えて、Eランクから始める事が出来るみたいだぞ」

冒険者のランクってギルドの実績が無いと上がらないんだけど、それだと元傭兵とか元騎士様みたいに強いって解ってる人もみんなFランクになっちゃうよね。

でもそんな人たちが低ランクのクエストしか受けられないのはもったいないでしょ。

だからギルドマスターが認めた場合はランクは一つ上のEから、そして本来Dに上がる為に必要な実績もある程度溜まった状態で始めることができるそうなんだ。

どうやら僕はその特例に当てはまったみたいで、承認をしてもらうために偉い人に会わないといけないんだってさ。

「実はなルディーン。何を隠そう、お父さんも最初からEランクだったんだぞ、凄いだろ」

「おとうさんも？　すごぉ～い！」

なんとお父さんも最初の登録の時からEランクだったんだって。

でも本当に凄いなぁ。

だって僕と違って魔法が使えるわけじゃないのに普通に剣と弓の腕だけで、それもグランリルの村の常識からすると10歳でEランクになれる実力があったってことだもん。

「解ってくれたかな？　それじゃあ私はギルドマスターに面会の要請をしてくるから、少しの間ここで待っててね」

「うん！　いってらっしゃい」

僕は手を振ってルルモアさんを送り出したんだ。

それから10分くらいして。

「許可が下りたわ。二人とも、私についてきて」

帰ってきたルルモアさんに連れられて僕たちは冒険者ギルド3階にあるギルドマスターの部屋へ。

そこで白髪のちょっと顔の怖い、お髭のお爺さんに引き合わされた。

そのお爺さんは僕たちが部屋に入ると立ち上がって、ガッハッハと豪快に笑いながら歓迎してくれたんだけど、僕は何よりお爺さんの大きさにびっくりしたんだ。

だって縦にも横にも、とっても大きかったんだもん。

お爺さんなのにまるで筋肉の塊みたいな体をしてて、机の前に座って書類仕事をしてるより狩りに出た方がギルドの役に立ちそうなのにって思うほど強そうな人だったんだ。

「ねぇおとうさん、このおじいさん、おおきいねぇ」

「馬鹿、ギルドマスターになんてことを！」

「ははは、いやいや大きいのは本当だから気にせんでもいい。ところでルルモア、この子がルディーン君かな？」

「はい。先ほどご説明した通り魔法系のジョブを取得しているようですので、特例の許可を頂きたく、お連れしました」

ルルモアさんから説明を受けたお爺さん……じゃなかったギルドマスターは、僕の顔を覗き込む。

このお爺さん、体だけじゃなくて顔もとっても大きいんだよね。

それにとっても怖いお顔をしてるから僕、とっても緊張したんだ。

「なるほど、中々いい雰囲気を持ってるじゃないか。それにナリは小さいが体のバランスもいい。中々鍛えられているようで結構結構。それに魔法まで使えると言うのなら反対する理由も無かろう」

そう言うとお爺さんは自分の机に戻って目の前の書類になにやらすらすらと文字を書いた後、引き出しから大きなスタンプを取り出してインクをつけた。

ぺったん！

そして目の前の紙にそのスタンプを押すと、それを手に取ってルルモアさんに突き出す。

「承認印は押したぞ。後はこの書類を1階の事務に渡して登録したらルディーン君は冒険者の仲間入りだ」

そしてお爺さんはとっても怖い顔を、満面の笑みに変えて僕にそう言ったんだ。

「やったぁ！　ありがとう、おじいさん」

「ギルドマスターだ、ルディーン」

「あっ、そうだった。ありがとう！　ギルドマスター」

「うむ、これから大いに頑張ってくれよ」

こうして僕は無事、冒険者の一員になれたんだ。


冒険者ギルドを出た僕たちは、近くのお店でお昼ご飯。

「ねぇ、おとうさん。このあとのごようじって、なにするの？」

「ああ、そう言えばまだ話してなかったな」

運ばれてきたものを食べながらこれから何をするのかって聞いてみたんだけど、そこでお父さんはびっくりすることを言ったんだ。

「色々と準備をしてからだけど、それが終わったら近くの森に行くぞ」

「えっ！　いいの？」

お父さんから冒険者登録が終わったら森に入る許可が出るとは聞いてたんだ。

でも最初の内は森に入る時はお父さんと近所のおじさんたちが一緒に行くって話だったから、僕はてっきり初めて森につれて行ってもらえるのは村に帰ってからだと思い込んでたんだよね。

「ああ、いいぞ。というか、これはグランリルの村で生まれた子供が冒険者ギルドに登録した時に必ず行われていることなんだ」

お父さんがいうには、村の近くにある森は入り口付近でも魔物が出るから初心者にはとっても危ないんだって。

それに比べてイーノックカウ近くの森は入ってすぐの場所なら魔物はほとんど出ないから、まずはこの森に連れて行って歩き方や心構えを教えることになっているんだってさ。

「森の中はとても視界が悪い上に足場も悪い。だからちゃんと森での動き方を覚えておかないと、いざと言う時にとても困るんだ。あと生き物の痕跡の見つけ方なんかも一緒に教えるつもりだが、慣れないうちはどうしても周りへの注意が散漫になってしまうだろ。だから危険なうちの村ではなく、安全なイーノックカウの森で初めての森体験をさせているってわけだ」

そういえば前に村の中に生えている木の根っこにつまずいて転んじゃったこと、あったっけ。

森の中にはあんなのが地面いっぱいにあるだろうから、ちゃんと気をつけて歩かないと転んでばっかりになっちゃうもんね。

それに森の中は誰も草刈りなんかしてないから、きっとぼうぼうだ。

僕より大きい草とかも生えてるかもしれないから、周りが見えにくいってのもよく解るよ。

「そうだね。いきなりむらのちかくのもりにいくより、ここでおべんきょうしたほうがいいよ。あぶなそうだもん」

「ああ、そうだ。森は危険がいっぱいだから、今日はしっかりと学ぶんだぞ」

「うん!」

僕は手に持った木のスプーンを振り上げながら、お父さんにそう返事をしたんだ。


お昼ごはんを食べ終えた後、僕たちは冒険者ギルドの少し南で開かれている露天市に来ていた。

これは森に入るのに必要なものをそろえるためなんだけど、ここでまず最初に立ち寄ったのは防具が売られている屋台なんだ。

そこでお父さんが手に取ったのは防刃補強のため、裏側に丈夫な魔物の毛を縦に何本も張り付けた柔らかいなめし皮と、厚さ2ミリくらいで平べったい、かなり長い皮ひもがセットになっている簡単な造りのもの。

村では見たことがないし、ドラゴン&マジック・オンラインの中にも登場しなかった装備だから、これはなんだろう?　って思いながら見ていたんだよ。

そしたらお父さんが、ふくらはぎとアキレス腱を守る防具だよって教えてくれたんだ。

実際にその場で僕の足に着けてもらうと、それはなめし皮を靴の上から足の裏側にまくように当てて、その周りにぐるぐると皮ひもをまきつける事で防御力をあげるようになってたんだ。

「ラバーリザードのなめし皮をスチールスパイダーの糸で補強した簡易防具だ。本当ならちゃんとした足装備を買った方が安全なんだけど、ルディーンはまだ小さいからな。そんな防具は売っていないし、来年には小さくなって履けなくなってしまうだろうから今はこれで我慢してくれ」

「うん、いいよ。でも、あしだけでいいの？」

今まで森に入ったことが無い僕は、当然足だけじゃなく他の防具も持ってないんだよね。

森に入るのが危ないから防具を買うっていうなら、他の場所のも買わないとダメなんじゃないかなぁってそう聞いたんだけど、お父さんは笑いながらそれを否定したんだ。

「ああそれは大丈夫だ。これは戦うことを想定した防具じゃないからな」

「ちがうの？　じゃあなんでかうの？」

「実はな、この近くの森で一番怖いのは魔物じゃないんだ」

じゃあ何が怖くてこんなのを買うんだろう？

その答えは意外なものだったんだ。

「この森は魔物が少なくて比較的安全だからなのか、ゴブリンとかコボルトのような小型の亜人も住んでるんだ。そしてその亜人の中でもゴブリンが曲者でな」

お父さんが言うにはコボルトは集団行動していることが多いけど、それだけに接近する前に見つけられることが多いし、真正面から襲ってくるからそんなに怖くないらしい。

でもゴブリンはその小さい体を利用して草むらや木の陰からこっそりと近づいて、いきなり足首を狙ってくるんだって。

足首を切られたら、どんなに強い人でも動けなくなっちゃうでしょ。

だからゴブリンはそこを狙ってくるそうなんだけど、冒険者って頭とか胸とかは丈夫な防具を持っている人は多いけど、足元までお金をかけて防御を固める人はそんなにいないんだって。

「ギルドでも足装備をするようにって周知しているらしいんだけど、金がかかるのがネックでな。駆け出しの低ランクの奴ほどこの傾向が高いらしいんだ。まぁゴブリンなんて森の奥の方にまで進まないかぎりは出会わないだろうからその気持ちも解らないでも無いけど、ただ少しの金をケチって危険に身を晒すような奴は長生きできない。だからな、ルディーン。お前はできうる限りの準備をしてから森に入るようにするんだぞ」

「うん、わかったよ。ぼく、ちゃんとじゅんびしてから、かりにいくようにするよ」

お父さんからこの話を聞いた僕は、たとえ将来どんなに強くなったとしても、準備だけはしっかりと整えてから狩りに出るようにしようって思ったんだ。

その後、いくつかの店を回ってこまごまとしたものを買って露天市での買い物は終了。

最後に東門近くのマジックアイテムが売られているお店に行って、何か小さなタリスマンのような物が付いた紐を5本ほど買って森へ行くための買い物は全部終わったんだ。

あっ、ちなみに最後のお店で買ったマジックアイテムだけど、どうやら狩った魔物を運ぶ時に使うものらしい。

「たぶんこれは今日使うことはないだろうけど、偶然大物に出会うこともあるだろうし、その時の保険みたいなものだ」

そのマジックアイテムを掲げながら、今回は森の奥へは行かないから、これを使わなければいけないような大物を狩る事なんてまずないだろうって、お父さんは笑ったんだ。

規則だからと冒険者ギルドに一度顔を出して、受付のところで森に入る人の名簿に自分の名前を書いてから木のお札を貰った。

これを見せるとギルドの仕事での外出扱いになって、この街に住んでいる人たちと同じように帰ってきた時にお金を払わなくてもよくなるんだって。

というわけで、これで森へ行くための準備は全て完了。イーノックカウの北門を出て、僕たちは少し離れた所に見える森を目指したんだ。

この森は、僕の住んでいる村近くの森よりも安全だから行く人が多いんだろうね。

だって道がきちんと整備されてるもん。

それに途中にある橋もしっかりしていて、多少通る人が多かったとしてもびくともしないくらい立派だったんだ。

　ただ丈夫であるということは、人以外も簡単に渡れるということでもあるんだよね。

「おとうさん。こんなにりっぱなはしだと、もしまものが、もりからでてきちゃったとき、かんたんにわたれちゃうよ。だいじょうぶかなぁ?」

「そうだな。だけどそんなことは滅多に起こらないだろうし、もし起こったとしても冒険者ギルドが北門のすぐ近くにあるんだから何とかするだろ? それに、あのギルドマスターもいるしな」

「そっか! あのおじいさんなら、きっとだいじょうぶだよね。だって、もしどらごんがきても、やっつけちゃいそうだもん」

　流石にドラゴンは退治できないだろうって普通なら思うんだろうけど、あのギルドマスターならやりかねないよねって思うくらい怖いお顔と大きな体をしてたからなぁ。

　それにお父さんも、あのギルマスならやりかねないなって笑ってたから、案外本当に弱いドラゴンなら倒しちゃうのかも。

　ドラゴン&マジック・オンラインでも、一番最初に出会うドラゴンは20レベルちょっとのパーティーで戦うイベントボスだったたからなぁ。

　あれなら僕だっていつかは一人で狩れそうだし、あのおじいさんはギルドマスターをしてるくらいだからきっと勝てちゃうよね。

　そんなお話をしながらずんずんと進んでいくと、とうとう森の外縁部付近までたどり着いたんだけど。

「屋台が並んでる……」

なんと森の入り口近くには大きな据え付けの天幕があり、その前には露天商たちが営む屋台が並んでいたんだ。

これってどういうこと？　ってお父さんを見ると、笑いながら驚いたか？　なんて言ってくるんだもん。

僕がこれを見て驚くだろうって初めからそう思ってたんだろうね。

「おとうさん、ひとをおどろかすようなことをしちゃだめ！　おかあさんも、そういってたよ」

だから僕はそう言って怒ってやったんだ。

そしたらお父さんはすぐに謝って、ここがどんな場所なのかを僕に教えてくれたんだよね。

「この露天屋台はな、簡単に言えば忘れ物をした人たちにイーノックカウで売っているのと同じものを少し高めの値段で売っている場所だな。ついうっかり買い忘れをしてしまったけど、街に帰るのは流石に面倒。そんな考えの連中を相手にするために店を開いてるってわけだな」

「そっか、ここまできてひきかえすのって、たいへんだもんね」

僕は初めて森に入れるんだってウキウキしながらここまで来たからそんなに長く感じなかったけど、多分1時間近くかかってるもん。

ここまで来てからもし忘れ物をしたって気が付いたとしても、もう一度街まで引き返すのはちょっといやかも。

「そうだろ。あと、あの大き目の天幕は商業ギルドの出張所みたいなもんだ。各露天商が全員馬車でここまで売り物を運んだら大混雑になるだろ。だから商業ギルドに依頼して、運ばれた物資をあそこで受け取っているってわけだ」

なるほど、確かにここにある屋台がみんな馬車でここに来たらちょっと迷惑かも。

そう考えると、ギルドがそれをやってくれたらとっても便利だよね。

「後な、滅多に無いことだけど冒険者が大怪我をした時もあそこの馬車が北門まで運んでくれるそうだ。ただ、後でかなりの金を請求されるらしいがな」

その辺りはさすが商業ギルドってところだなぁ。

でも大怪我してたらここから街まで歩いて帰るなんて絶対できないだろうし、お金が掛かったとしてもそれで命が助かるかもしれないでしょ。

やっぱり冒険者にとっては本当に助かっている施設なんだろうね。

そんなことを話しながら僕たちは屋台の前を通りすぎていく。

「よく切れるカマや鉈はいかがですかぁ？　森の中を分け入る時に持って行くと便利ですよぉ」

「非常食の準備はお済みですかぁ？　もしもの時の為に、備えは万全に！　お忘れの方は此方で！」

「森の探索を終えた後の一杯は当店で！　エールが冷えてますよぉ」

「串焼き、串焼きはどうですかぁ？」

森に近づくに連れて、だんだんと屋台の傾向が変わって行くのが面白い。

初めは探索に必要なものを売っている屋台が多かったけど、途中からは食べ物関係のお店が増えていったんだ。

中には屋台の前に机と椅子を用意したうえに注文をとって料理を運ぶようなところまであったんだよね。

「なんか、おまつりみたいだね」

「なるほど、お祭りみたいか。まぁ、こんな昼間っからここで飲み食いしているような奴は思った以上に採取がうまくいったり、予想外の獲物が獲れたって奴ばかりだろうからなぁ。浮かれていると言う点ではお祭りと変わらないかもな」

僕たちは今から森に入ろうっていうのに、もうお酒を飲んでいるなんて普通じゃないもん。

街の中ならともかく、今日は休みだから飲んでるなんて人はここには居ないだろうから、お父さんが言う通りなんだろうね。


そんな露店街だけど別に森の入り口まで続いているわけではなくって、最後に商業ギルドの天幕を通り過ぎると、そこから先はまたさっきまでと同じ様な整備された道が続いていた。

それからしばらく進むと僕たちはやっと森の入り口へとたどり着いたんだ。

「ここまでくると、しずかなんだね」

「ああ。いくら少ないとはいえ、流石に森の近くで大騒ぎをしたり食い物の匂いをさせたりしてたら森の奥からそれに釣られて魔物が出てくるかも知れないからな。今の場所でも十分に利益は得られるから、危険を冒して森の近くにまで店を出そうなんて考える奴はいないいってことだ」

ついでに言うと最後の商業ギルドの天幕には風の魔道具が設置してあって、常に街に向かって微風を流すことで匂いが森に届かないようにしてるんだって。

魔道具を使うとお金は掛かるけど、冒険者や傭兵を雇うのに比べたら安いから商業ギルドがその費用を受け持っているんだよってお父さんが教えてくれた。

「さて、それじゃあルディーン。ここからがいよいよ本番だ。ちゃんと気を引き締めていくんだぞ?」

「うん。もりはきけんがいっぱいだもんね」

僕は腰のショートソードと、足に着けられた真新しい防具を確かめて、ふんす！　と気合を入れ直した。

こうして僕の初めての森探索が始まったんだ。


探索の為に森に入ったといっても、別にすぐ未開の地になっているなんてわけじゃなかった。

それはそうだよね、だってここは多くの人が採取や狩りに来ている森なんだから。

森に入ってもしばらくは道が続いているし、周りを見れば薬草を探している人や薪に使える枯枝を拾っている人のおかげで、ある程度整備された森のようになってたんだ。

「流石にこの辺りでは森の歩き方を教えるも何もないから、もう少し奥へ行くぞ」

というわけで僕たちはもう少し森の奥へ。

すると周りの草が高くなり、木の隙間から見える奥の景色もお日さまの光が葉っぱに遮られて少し暗くなってきてて、まるで森が入ってくるな！　って言ってるみたい。

お父さんはそこで一度立ち止まってから周りを見回すと、納得したみたいな顔をして小さく頷いたんだ。

「まだ手付かずの森とまではいかないけど、これくらい荒れているのなら森の歩き方を覚えるには十分だな。ルディーン、じゃあそろそろ森に分け入るぞ」

「うん！　でもおとうさん、こんなにくさがいっぱいはえてるのに、まだひとがはいったあとがあるの？」

周りを見回したお父さんは、まだ人が入った痕跡があるって言ってるんだけど僕が周りを見回してもそんな感じがまったくしなかったんだよね。

だからそう言って聞いてみたんだけど。

「ほらルディーン、あそこを見てみろ、少し先の草が周りに比べて少ないだろ。あれは誰かがあそこから入って草を踏み、折ってしまった跡だ。こう言う痕跡は人だけじゃなく動物や魔物が通った後にも残るから、注意深く見ておかないとダメだぞ。それと多くの人が入る森には他人の成果を奪おうとする悪い奴もいて、待ち伏せしてるなんて事もある。だから人が入った跡があるかどうかを見分けるというのは結構大事なんだ」

「そうなのかぁ」

なるほど、ライトノベルなんかでよく見る野盗とかが出る可能性もあるんだね。

野盗って商隊とかを襲うイメージがあったけど、薬草を採取しに来た人の方が護衛が付いている商人を襲うより安全だから、そういう悪い奴がいるというのも解る気がする。

そんな注意を聞いて、いよいよ森の中へ。

「待ち伏せも怖いが痕跡を見て入ってくる奴もいるからな、道からそれる時はなるべく痕跡を残さないようにするのも大事だ」

お父さんはそう言いながら道近くの草を掻き分け、なるべく背の低い草や石で草が自然と切れているところに足を運んで森の中へと入っていく。

僕はお父さんが踏んだ後をなぞるようにして歩きながら、どんなところを選んだらいいのかをしっかりと頭に入れるように観察したんだ。

「おや？　ルディーン。お前、草むらの歩き方を知ってるじゃないか。森の中では足を常に草の間に滑り込ませるようにして、なるべく揺らしたり折ったりしないようにするのが基本だ」

「どうぶつに、ちかづいてるのがばれちゃダメだもんね」

初めの内は知らなくて、獲物の近くまで走って行ってたから毎回逃げられてたんだよね。

そこがダメなんだって教えてもらってからはなるべく音を立てないように気をつけてたんだけど、どうやらその歩き方は森でも同じみたい。

「その通り。魔物は音に敏感だから、風で揺れる草木の音にまぎれるようにするのも大事なんだ」

「いつもやってる、かりとおんなじだね。じゃあさ、かざしもから、ちかづくのもおんなじ？」

「なんだ、ルディーンは普段からそんな事までしてたのか。まるで一端の狩人だな。道理で他の兄弟たちより小さいのに、獲物をいっぱい獲ってくるわけだ」

僕の技術は森の中を歩くという点では十分に合格がもらえるレベルだったみたい。

だから本当は最初にするはずだった説明を飛ばして、動物の痕跡の見つけ方を教えてもらえることになったんだ。

「魔物でも普通の動物でも、基本は同じなんだ。どちらも移動するルート、いわゆる獣道は決まっているから、それを見つけるのが獲物を見つける一番の早道だな。例えばこれ」

そう言ってお父さんが近くの草むらをちょっとかき分けると、なんとそこから小さな足跡が出てきたんだ。

それを見てびっくりした僕は、なんで見つけられたの!? って聞いてみたんだよ。

そしたらお父さんは、簡単なことだよって笑いながらって教えてくれたんだ。

「さっき道から森へ入る時に人が入った形跡があるって話をしただろう？ 基本はあれと同じで、周りの景色と違う所を探せば案外簡単に見つかるもんなんだよ」

でも、僕にはそんな違いがあるだなんてまったく解らなかった。

だってそこも周りも、みんな普通に背の高い草が生えてるんだもん。

「え～、でもぼくはそんなところにあしあとがあるなんて、ぜんぜんわかんなかったよ？」

「それはルディーンがまだ森になれてないからだ」

そう言うとお父さんは足跡がある草むらと、他の草むらとの違いを教えてくれたんだ。

獣が歩く道は土が少し固くなって草が生えないから、草と草の間がほんの少し開いていて、よく見ると細い線のようになってるんだって。

あと縄張りを主張する為にマーキングをする動物がいる森だと、一部の木の周りだけ草が他の場所より育っているそうなんだ。

お父さんはね、まだ僕じゃ違いを見分けられないかもしれないけど、何度も森に入っているうちにそれを違和感のような感じで見つけられるようになるよって言ってくれたんだ。

「こればっかりは経験を積まないと見分けられないだろうから、すぐに身に付けられるようなもんじゃない。でもな、ルディーン。知識としてこういうものだと知っていなければ、いつまで経っても身に付ける事ができない種類のものでもあるんだ」

そう言ってお父さんはもう一度、さっき足跡が見つかった草むらを指差した。

「ほら、あそこに痕跡があるんだと教えられてから見直すと、ほんの少しだけ草と草の間に隙間があるように感じるだろ？　ルディーン、この光景をよく覚えておけよ。そうすればいずれお前も自力で動物の痕跡を見つけられるようになるからな」

「うん！　ぼく、ちゃんとおぼえておくよ」

僕はお父さんに言われた通り、さっきの足跡があった草むらをいろんな方向からよぉ～く観察してみたんだよ。

そしたらなんとなく、草むらの中にある細い一本道が見える気がしてきたんだ。

それにね、さっきお父さんが言ってた一部の木の周りだけが不自然に草が育っているような場所まで、なんとなく解るような気がしてきたんだよね。

ただ、そうだと思ったからと言って確かめずにきっとあれがそうなんだって決め付けちゃダメだと思う。

だってそう思って覚えたのに実は違ってて、それが後から解ったりしたら大変だもんね。

変な風に覚えちゃったら、正しい知識を身に付けるのにそれが邪魔になっちゃうだろうから、僕はお父さんに聞く事にしたんだ。

「ねぇおとうさん。さっきいってた、くさがよくのびてるばしょって、もしかしてあんなとこのこと？」

「ん、どこだ？　……ルディーン、何で解ったんだ？　確かにあれはその通りのものだけど痕跡としては比較的小さいから、さっきの説明を聞いただけで見つけられるようなもんじゃないだろ」

う〜ん、そう言われてもなぁ。解っちゃった理由なんて僕には……あっ！

あることに思いあたった僕は、こっそり自分のステータスを開いてみたんだ。

するとサブジョブのとこにレンジャー《1／30》の文字が。

どうやらお父さんに色々教えてもらったことで見習いレンジャーのレベルが10に達してジョブに進化したみたい。

多分そのおかげで、僕は森の中の変化をより感じやすくなったんじゃないかな。

ただ、それをどうお父さんに説明したらいいのかが解んないんだよね。

ステータスを見られるって話してもいいんだけど、そんなことしてまた本屋さんの時みたいに盛り上がられてもなぁ。

僕はお父さんたちみたいな森に入って獲物を獲る人になりたいから、鑑定士の道もあるぞ！　なんて言い出されたら困っちゃうもん。

そんなことを考えてうんうん唸ってたら、その様子を見たお父さんはなんか勘違いしちゃったみたい。

「ああ、もういいから。どうして解ったかなんて聞かれても困るよな。お父さんが悪かった。解るものは解る、それでいいじゃないか」

「えっ？　ああ、うん、そうだね。どうしてわかったかなんて、わかんないもんね」

僕が解った理由が解らずに考え込んでしまったって思ったのかな？　そう言って聞くのをやめてくれた。

まぁ確かに、どうして解ったのかなんてどうでもいいもんね。

そしてこのサブジョブは、それからお父さんに色々と教えてもらうのにとても役に立ったんだ。

だってその後に薬草の探し方とか森の中での身の隠し方とかを教えてもらったんだけど、その全部を僕は一度聞いただけでみんなできるようになっちゃったんだもん。

ただ、そこは僕だって解ってるからちゃんとまだよく解らないって顔をしておいたんだよ。

だって、これは流石におかしいもん。

お父さんに変な子だって思われるのはいやだから、僕は黙ってることにしたんだ。

それから僕はお父さんから色々なことを教わったんだよ。

そしてもうすぐ夕方になっちゃうから、そろそろ街に帰ろうかと森を抜けて道の近くまで戻って来た時のこと。

ドドドドドドドッ。

何か大きな生き物が僕たちに向かって走ってくるような音がしてきたんだ。

「おとうさん、あれ、なんのおと？」

だから僕、ちょっと不安になってお父さんに何が起こってるの？　って聞いてみたんだよ。

「だっ誰かぁ、誰か助けてくれぇ〜！」

そしたらお父さんのお返事が返ってくる前に、男の人の苦しそうな叫び声が森の奥から聞こえてきたんだ。

あまりに必死な声にびっくりした僕は、慌ててそっちの方を見たんだよ。

そしたら20代後半くらいの男の人が、凄い形相でこっちに走ってくるのが見えたんだ。

腰に丸い採取籠をつけてるってことはGランクの冒険者か、イーノックカウの住人って所かな？

鉈みたいな物を持っているみたいだけど防具は着けてないから、少なくともFクラス以上の冒険者じゃないと思う。

で、その男の人を追っかけてる大きな生き物なんだけど……カピバラ？

大きさは僕が知っているものとはかなり違ってカバくらいの巨体なんだけど、丸っこい体に長い毛、そして足の短いその姿は前世にあったテレビで見たカピバラそっくりだったんだ。

ただ大きな体のせいで木をよけながら走らないとダメだし、足も見た感じより遅いんだよね。

あの人、そのおかげでなんとかここまで逃げてこられたんだろうなぁ。

「ジャイアントラットか。こんな場所で見かけるのは珍しいな」

ジャイアントラット？　って事はねずみの魔物だよね？

ああそう言えばカピバラもねずみの仲間だって言ってたし、僕の考えは間違ってなかったのか。

そんな悠長なことを考えている僕をよそに、事態は深刻さを増してきてるみたいだ。

だってあの逃げてる男の人、物凄く苦しそうで今にも力尽きそうだもん。

「あれは体は大きいが動きは鈍い。見かけの通り体力はあって多少しぶといけど、強さ自体はたいしたことないから初めての魔物狩りの相手としてはピッタリだな。ルディーン、魔法で援護しろ。二人であの人を助けるぞ」

「うん！」

お父さんだけでも簡単にやっつけられそうだから、てっきり一人で倒しちゃうのかと思ってぽ～っと見てたんだけど、そういうことなら話は別だよね。

よ～し、頑張ってやっつけるぞ！

お父さんは、ふんす！　と気合を入れる僕の頭を一度なでた後、男の人の方へとまっすぐ走り出したんだ。だから僕はすばやく森の中に入って、斜め前の方へと進む。

これはお父さんと並んで走ると逃げてくる男の人が邪魔で魔法が撃てないから。

もっと成長して高レベルになれば標的を中心とした範囲魔法が使えるようになったり、単体への魔法でも種類によっては発動場所を指定できるようになったりするんだよ。

でも2レベルの僕じゃまだそんなことできないから、わざわざ森の中に分け入ったってわけ。

「助けに来た！　俺の横を駆け抜けて、そのまま逃げろ！」

「はぁはぁ、ありがとう！」

お父さんは男の人に声を掛けると、身を低くしながらブロードソードを引き抜いてジャイアントラットへと迫る。

僕はその姿を確認してから立ち止まって、魔力の循環を始めたんだ。

そしてお父さんが男の人とすれ違い、ジャイアントラットとあと3メートルくらいになったところで、
その大きな体目掛けて魔法を放ったんだ。

「マジックミサイル！」

すると白く光る細い杭の様な形をした魔力の塊が一直線に飛んで行き、ジャイアントラットに命中！　そしてそのまま貫通する。

ダメージを受けて、苦悶の声をあげてのた打ち回るジャイアントラット。

これで僕がもっと高レベルならこの一撃でも倒せるんだろうけど、今の攻撃魔力では後2～3発打ち込まないと倒せない。

だからこの隙に、お父さんの追撃で止めを刺してもらおうと思ったんだ。

でも……あれ？　なんでお父さん、そんなところで棒立ちしてるの？

「なにやってるの、おとうさん！　ぼくのまほうじゃやっつけられないから、はやくたおして！」

「んっ？　ああ解った、任せろ！」

僕の言葉でやっと動き出したお父さんは、ジャイアントラットとの距離を一気に詰めてブロードソードを一閃！　いとも簡単に首を切り落として仕留めちゃったんだ。

流石お父さん、あんな魔物なんて本当は僕の援護なんて無くても簡単に狩れたんだろうなぁ。さっき棒立ちだったのも、きっと僕が何発か撃って、どれくらい威力があるかを見てからやっつけるつもりだったのかもね。

「おとうさん、やったね。でもぼく、まだマジックミサイルを1どに1ぱつしかうてないから、つぎからはまってくれなくていいよ」

「ん？　ああ、そうか」

あれ、なんかお父さんの返事が変。て言うか、何か考えてるみたいだ。

どうしたんだろう？　今狩ったジャイアントラットが何かおかしかったのかなぁ？

あっそう言えばこんな所にいるのは珍しいって言ってたっけ。それを気にしてるのかも。

そう思いながら見てたら、お父さんはジャイアントラットに近づいて胴体の辺りを観察し始めたんだ。

あれって確か僕がマジックミサイルを当てた辺りだよね？　ってことは、僕の魔法がどれくらい使えるのか見てるのかも。

村に帰ったら狩りの仲間に入れてくれるって話だし、魔法の威力を知っておきたいのかな。

攻撃魔法っていっても、いつもお父さんが一緒に狩りをしている村の人の弓よりも弱いだろうから、どれくらい違うかもしっかり頭に入れておかないと危ないもんね。

そんなことを考えているとどうやら威力を確かめ終わったみたい。

ジャイアントラットの後足をひもで縛ってから、アミュレットの付いた魔道具をつけたんだ。

そしてその縛ったひもを太い枝に引っ掛けてから魔道具を発動させて。

「よっと」

なんとそれを引っ張ってジャイアントラットを吊り上げちゃったんだ。

これにはホントびっくり！　だってあのジャイアントラット、どう見ても何百キロもの重さがありそうなんだもん。

それを簡単に吊り上げちゃうなんて、いくらお父さんでも考えられないからね。

そんな光景に呆気に取られている僕をよそに、お父さんは前足の付け根に切り込みを入れ、腹も割いて血抜きをして行く。

そのニオイで僕は正気を取り戻し、やっとその疑問をお父さんに聞いてみたんだ。

「おとうさん、なんできょうはそんなにちからもちなの？　いつもならそんなおもいもの、つりあげられないよね？」

「ああ、そう言えば買った時に説明しなかったな。これは1000キロまでを上限に、つけた物の重さを10分の1にできる魔道具なんだ。こいつがないと大きな獲物なんて運べないから、グランリル近くの森でも必須の魔道具なんだよ」

そうなのか！　なら納得。たとえジャイアントラットが600キロくらいあっても、この魔道具を使えば60キロになるって事だもん。

それくらいお父さんなら簡単に持ち上げられるし、枝に引っ掛けたひもで吊り上げるのなんてもっと簡単だろうね。

こうして吊り上げられたジャイアントラットは、このまま血抜きが終わるまで放置。

その間にさっき狩りに使った魔法のことを、お父さんは僕に聞いてきたんだ。

「なあルディーン。さっき使った魔法、胴体に当ててたよな？　あれは狙った場所に当てられるのか？」

「マジックミサイル？　うん、できるよ！　うごいてるのはむりだけど、いつもさきにみつけたときは、おにくがいたまないようにあたまをうってるもん」

その僕の返事に、お父さんはなにやら考え込むようなしぐさをしたんだ。

どうしたのかなぁ？　弓だってある程度狙ったところに当てられるし、別に魔法でもできたっておかしくないよね？

あっそうか、逆だ。弓と同じように使えるかどうかを知りたかったのかも？

使い勝手が大きく違うんだったら、一緒に狩りをするのにいつもと違う動きをしなきゃいけなくなるけど、同じ感覚で僕が魔法を使えるならいつも通りの狩りができるもんね。

僕はそう考えて一人うんうんと頷いていたんだけど、どうやらお父さんが考えていたのは違う事だったみたいなんだ。

「ルディーン、これの血抜きが済んで森の入り口まで運んだら、もう一度森の奥へ行くぞ。お前の魔法で検証したいことがある」

どうやらお父さんは、僕の魔法に弓とは違った使い方を思いついたみたい。

僕はまったく思いつかないけど、いつも狩りをしているお父さんだからさっきのを見て物凄い発見をしたのかもしれないね。


枝から下ろしたジャイアントラットの前後両足を縛り、それをフックの付いた折りたたみ式の棒に引っ掛けるとお父さんはそれをヒョイっと担ぎ上げた。

血抜きをしたし魔道具も起動したままだから軽くなってるけど、見た目は物凄く大きいものを楽々と運んでるように見えてなんか変な感じ。

「おとうさん、すごいちからもちのひとみたいだよ」

「そうか？　みんながやってる運び方なんだけどなぁ」

そんな会話をしながら僕たちは一旦森の外側、商業ギルドの天幕があるところまで戻ることにしたんだ。


森に入ってすぐに獲物が獲れた時、それが今回みたいに大きかったら運びながら狩りを続けることができないよね。

お父さんが言うには、あの天幕でお金を払うと一時的にそんな獲物を預かってくれるんだって。

それに獲れた獲物がイーノックカウに持って帰れないほど多かった場合も、お金さえ払えば馬車で運んでくれるそうなんだ。

「冒険者も狩った獲物を持ち帰れないからと森に捨てなくて良くなるし、商業ギルドも運び賃として収入が得られる。どちらも得するってわけだ」

そんなわけで僕たちは商業ギルドの天幕にジャイアントラットを運び込んだんだけど、どうやら僕がすごいなぁって思ったのは普通の感想だったみたい。

お父さんが一人で担いできたのを見て、商業ギルドの人たちもすっごくびっくりしてたもん。

「これだけ大きな魔物ですから、重さを軽減しても普通は体が振り回されて運べませんよ。いやはや、凄いバランス感覚ですね」

ジャイアントラットを預かってくれた商業ギルドのおじさんもそう言ってたから、やっぱりこんな大きな獲物は普通、何人かで運んで来るんだろうね。


さて、身軽になったという事で、僕たちはもう一度森の中へ。

魔法の検証をする為に、さっきいた場所より奥に向かうことになったんだ。

「ルディーン、さっき魔法を使った時は大きな声で呪文を唱えてたけど、小さな声では発動しないのか?」

「ううん、ちいさなこえでもだいじょうぶだよ。さっきのは、はじめてまものにつかったから、つい、さけんじゃった」

ライトノベルに出てくる無詠唱ってのは無理だけど、きちんと発音さえできれば小声だって魔法は発動するんだ。

呪文って体の中に循環させた魔法を形にする為のものだから、声の大きさなんて関係ないんだ。だってもし叫ばなきゃいけなかったら、ケガをした人がいっぱいくる大きな教会なんか物凄くうるさくなっちゃうもん。

「そうか、なら大丈夫だな」

お父さんはそんなことを言いながら、一人で納得してる。

僕としてはどうしてそんなことを聞いたのか気になったけど、多分もうすぐ解るだろうからそれまでのお楽しみにしたんだ。

そして進むこと数分。

完全に森の中になった辺りでお父さんはいきなり立ち止まり、一度辺りを見回してから。

「あっちの方にいそうだな」

なんて言ながら歩いている方向を変えたんだよ。

だから僕も周りを見回したところ、何か動物が通ったような跡を発見！

そっか、お父さんはあれを見つけて獲物が居そうな場所に気が付いたんだね。

僕も痕跡を見つけられるようにはなったけど、それはあくまでできるようになったというだけでお父さんみたいにはいかない。

でもいつかは僕だって、さっきのお父さんみたいにすぐに見つけられるようになるんだ。

そう心に誓いながらついていくと、お父さんがいきなり右手を横に広げた。止まれの合図だ。

それを見た僕がなるべく音を立てないように立ち止まると、お父さんはかろうじて僕に聞こえる程度の小さな声でこう言ったんだ。

「ルディーン、痕跡が新しくなってきてる。獲物が近くに居る証拠だから、ここからはなるべく音を立てないように進むぞ」

その言葉に僕は無言で頷き、それからは細心の注意を払って先へと進んだ。

そして。

「見えるか？」

「うん」

お父さんが指差した先にはさっき倒したのよりちょっと大きめのジャイアントラットが、木の実でも食べてるのかな？　近くの草むらに向かって何やらもそもそと口を動かしているのが見えた。

「ルディーン、ここからあのジャイアントラットの頭を狙ってさっきの魔法を撃ってみろ」

「マジックミサイルを？」

どうやらお父さんは僕に先制攻撃をさせるつもりみたいだ。

頭を狙えってことは衝撃で頭をふらつかせるのが目的なのかなぁ？

僕の魔法じゃあんな大きな魔物のＨＰを削り切れないから、どちらかというと足とかを狙って動きを鈍らせた方がいいと思うんだけど……。

でもお父さんにだって考えがあるんだろうし、何と言っても狩りの大先輩なんだからこの攻撃にもきっと意味があるんだよね。

「マジックミサイル」

そう思った僕は魔力を循環させると、小さな声で呪文を唱えて光の杭をジャイアントラットの頭に向かって撃ち込んだんだ。

マジックミサイルは風切り音も無くまっすぐに進み、みごと頭に命中!

それを見た僕は魔法で援護する為に、すぐ走りださなきゃって思ったんだけど。

ピギャアッ。

ジャイアントラットは悲鳴を上げながら倒れると、しばらくピクピクと痙攣した後、そのまま動かなくなっちゃったんだ。

えっ、どうして? 今ので気絶しちゃったとか?

僕がそう思ってると、お父さんは剣も抜かずに近づいて行く。

「うん、思った通り仕留められてるな。何をしているんだルディーン、早くこっちへ来い」

そして軽く調べた後、そう言って僕に手招きしたんだ。

なんと、どうやら僕のさっきの魔法でジャイアントラットを倒す事ができちゃったみたい。

でもなんで?

僕のレベルではマジックミサイル一発だと一番弱い魔物だってまだ倒せないはずなのに。

何が起こったのか解らなくて、僕は頭をこてんって倒しながら近づいたんだよ。

「その顔からすると、ルディーンは何故倒せたのか解らないみたいだな」

そんな僕にお父さんは、笑いながらそう言ったんだ。


お父さんはその理由が解るってこと？

というより、こうなると解ってて僕に頭に向かってマジックミサイルを撃たせたのかも。

そんな疑問の答えを、お父さんは本当に持ってたみたい。

「ルディーンは森の外に運んだジャイアントラットと戦った時、僕の魔法じゃ止めが刺せないって言ってただろ。俺は魔法のことはよく解らないけど、ルディーンがそう考えていたってことは魔法ってのは本来、相手の体力を削りきって倒すものなんじゃないか？」

「うん、そうだよ。だからぼくのマジックミサイルで、なぜジャイアントラットをたおせたのか、わかんないんだ」

ほんとならダメージ分だけＨＰが減るはずなのに、なぜかあの一発でジャイアントラットは死んじゃったみたいなんだよね。

可能性で言うとクリティカルが出たとか、最初からジャイアントラットが何かのダメージを負っていたなんてのも考えられるけど……。

見ると頭以外にケガはないみたいだし、クリティカルが出ても魔法の威力が数倍になるわけじゃないからそれだけで倒せるはずないんだよね。

どうして今みたいなありえないことが起こったんだろう？

そう思ってたらお父さんが、笑いながらびっくりすることを言ってきたんだ。

「馬鹿だなぁ。動物だろうが魔物だろうが首を切り落とせば必ず死ぬ。だから俺たちが狩りをする時は複数で気を引いて、その隙を突いて急所を狙うんだ。さっきも俺が首を切り落としてジャイアントトラットを倒したのをルディーンも見ただろう？　それと同じだよ。マジックミサイルって言う魔法は弓なんかと同じ様に物理攻撃みたいだから、頭を射抜けば魔物だって倒せるのは当たり前だ」

「ゆみとおんなじ？　えっ、でもマジックミサイルはまほうだよ。おとうさんもみたでしょ？　ぼくが、じゅもんではつどうさせたところ」

「ああ。でも、その魔法が物理攻撃だってのは間違いないぞ。ちゃんと傷口を調べて確認したからな」

　調べたってのはさっきジャイアントトラットの傷口を調べてたあれかな？　ってことは本当にマジックミサイルは弓と同じような攻撃なのかなぁ。

　そう思って聞いてみたんだけど、お父さんがいうには弓と言うより槍か何かで突いて貫通させた傷跡みたいになっていたんだって。

「俺が見た感じでは、あの魔法で傷口の周りに何か影響を与えたような跡は無かったし、炎や雷のようなもので焼かれたような跡も無かったからなぁ。原理は解らないが魔法で杭を作って飛ばしてるってのが一番近いんじゃないか？」

　そうなのか、知らなかった。

　そう言えばウィンドカッターは風で刃を作って切り裂く魔法だし、ファイヤーボールは爆発する火の玉を作って飛ばす魔法だっけ。

他の攻撃魔法もみんな魔力を何かに変えて飛ばしているんだから、マジックミサイルも魔力を何かに変えて飛ばしてるって事だよね？

お父さんの話が正しいなら魔力の槍を飛ばす魔法なのかなぁ。

「それでだ。物理攻撃であれだけの貫通力があるのなら、これを頭に直接当ててやれば一発で倒せるんじゃないかって考えてルディーンに検証してもらったってわけだ」

「ありがとう、おとうさん。きょうやってみなかったら、ぼく、ずっときがつかなかったよ」

そっか、ここはゲームと違って攻撃があたる場所によって魔物に与える影響も違ってくるんだね。


ん？　じゃあ魔法の効果はそのまま出るって事？

ならファイヤーボールで倒すと皮は全部焼け焦げちゃうし、地面から岩の槍が出てくるロックスピアだと穴だらけになっちゃうんじゃないか？

その他にも風の刃で範囲内の魔物を切り裂くウィンドトルネードとか、水滴を使って攻撃をするウォータースプラッシュのような範囲攻撃も狩りに使えないって事だよね？

……それじゃあレベルが上がって強力な魔法が使えるようになっても、意味がないじゃないか。

派手で強力な魔法がどれも狩りでは使えないと解って、僕は呆然となったんだ。

そんな僕をよそに、お父さんはジャイアントラットの血抜きをしてる。

多分、さっきの話から僕が何かに気がついて、そのことを考えているんだろうからそっとしておこうと思ってくれたんだろうけど、正直それがとてもありがたかったんだ。

だってそう簡単に立ち直れないくらいのショックだったんだもん。

僕だって何時かは強大な敵にすごい魔法を使って立ち向かうなんて姿を想像して、わくわくした事もあるんだよ。

でもそんな魔法で戦うと、たとえ倒したとしても素材がぼろぼろで売る事ができなくなるから使えないんだよね。

ああ、なんで賢者なんてジョブになっちゃったんだろう。

戦士系なら強力な技で活躍できそうなのに、賢者じゃ強くなってもみんなに迷惑をかけちゃうだけじゃないか。

この先いくらレベルが上がっても意味がないんだって考えて、僕はしょんぼりしてたんだよ。

それなのにお父さんは、いつまでも落ち込ませてはくれなかったんだ。

「ルディーン、血抜きも済んだし、そろそろ商業ギルドの天幕へ運ぶぞ。まだまだ日も高いし、運がよければもう一匹くらい狩れるかも知れないからな」

そう言ってお父さんはジャイアントラットを肩に軽々と担いだまま、僕の手を引いてずるずると引きずっていったんだ。

もう！　自分の子供が先の人生に絶望して落ち込んでるってのに、なんて親だ！

そう思いながらぷりぷり怒ってたんだけど、残念ながらそんな気持ちは長持ちせず、僕の興味は商業ギルドに着いたころには次の獲物に飛んでしまっていた。

「おとうさん。さっきはおとうさんがいつもやってるさがしかたでジャイアントラットをみつけたけど、こんどはぼくのやりかたでさがしていい？」

「そういえば兄弟でもとびぬけて獲物を探すのがうまかったな。よし、お手並み拝見と行こうか」

「うん！　ぼく、がんばるよ」

お父さんのお許しが出たから、僕はいつもの探知魔法で周りを探る。すると、この方法がいつもとちょっと違っている事に気が付いたんだ。

何というかなぁ、前方１８０度の地形の起伏がなんとなく解るようになっていて、そしてそこにいる獲物の位置や情報が見えるような気がするんだよね。

「あれ？」

「どうした？　何かあったのか？」

「えっとねぇ、なんでか、いつもよりよくみえるというか、よくわかるきがするんだ」

「いつもよりよく見えて、よく解るのか？　なら、良かったじゃないか」

ん？　そう言えばそうなのかなぁ？　いやいやそうじゃ無くて、どうしてこんなことになってるかの方が、どう考えても問題でしょ。

原因が解らないと、本当にこの探索結果を信じて行動していいのか解んなくなるもんね。

前に狩りをした時と今、何が違うんだろう？

思い出せる中で一番違うのはやっぱり、前は草原で使っていたけど今は森の中で使ってるってことだよね。

でも見晴らしのいい草原より森の方がうまく獲物を探知できるっていうのはちょっと考えられないからこれは無し。

「ルディーン、どうしたんだ？」

「もぉ！　おとうさん、いまだいじなこと、かんがえてるから。ちょっとだまってて！」

「おっ、おう」

えっと、後考えられるとしたら新しいスキルが付いたとかかなぁ？

そう考えてステータスを開いてスキルのページを覗いてみたけど特に変化は……あっ、鑑定解析ができるようになってるからかも！

そう一瞬考えてはみたんだけど、鑑定解析はそこにあるものを調べるスキルだから遠くの生き物を探す探知魔法とは用途がまるで違うものなんだよね。

だから多分これが原因じゃない。

じゃあなんだろう？　何か変わった？　そう考えて僕は改めて自分のステータス画面とにらめっこをして、そしてやっと気が付いたんだ。

「そっか、レンジャーだ！」

「レンジャー？　ルディーンそれは一体？」

そう言えばサブジョブにレンジャーがついたんだっけ。多分あれが原因だ。

レンジャーは野外行動に特化したジョブだから、探知能力が強化されたのかもしれないよね。

そう思って僕はレンジャーの使えるスキルや特性を調べてみたんだ。

するとそこには案の定、周辺地形把握ってスキルがあったんだ。

「お～い、ルディ……」

これは戦士の攻撃技や魔法使いの魔法なんかと同じタイプのスキルだから、たとえ取得したとしてもレンジャーのページにしか載って無いんだよね。

だから覚えているパッシブスキルのページを開いても載ってなかったのは当たり前。

多分このスキルと今までの探知が合わさって、今までより便利になったんじゃないかな？

そう思って試しにこのスキルを使わないように意識して探知をしなおしたら、今までと同じ様にしかできなかったんだ。うん、これでもう間違いないね。

「ルデ……」

それともう一つ、いや二つかな？　このスキルが付いたことで恩恵を受けた事がある。

なんと探知した獲物の大体の大きさや強さ、それに地上にいるかそれとも木の上にいるかなんてことまで解るようになったんだよね。

おかげで獲物が隠れてても見つけやすくなるから、僕みたいな狩りの初心者にとってはこの効果は本当に喉から手が出るほどほしいものなんだろうね。

でもそれは、お父さんみたいな慣れた人にはあまり意味がない。

それに対して探知した獲物の強さが解るようになったのは、このスキルの在り方さえ変えてしまうほどの有効な変化なんだ。

今までも探知魔法で探したことがある魔物なら、それがなんなのかすぐに解ったでしょ。だから強いのには近づかないようにしてたけど、この変化のおかげでこれからは初めての魔物でもそれが勝てない相手だったら避けられるようになったってことだもん。

森での探索経験が少ない僕は、この探知能力の向上によって森の中を歩く時の危険度が飛躍的に下がったんだよね。

あとステータス画面に書いてあった説明によると、この周辺地形把握ってスキルはレンジャーのレベルが上がると強化されるらしい。

いつかは全方位の探索ができるようになるのかも？　もしそうだったら、もっと狩りが楽になるんだろうなぁ。

「……」

こうしてやっと探知魔法が変化した理由が解って、今の僕はとっても上機嫌。

これで安心して獲物が探せるぞって思ってお父さんにそう言おうと思ったんだけど……あれ？

なんでそんな離れた所に座り込んでるの？

「おとうさん、なにやってるの？　いまからまものさがすんだから、そんなとこですわってちゃだめだよ」

「……、解った」

なんかふてくされてる気がする。もぉ！　仕方ないんだから。

「なにすねてるのかわかんないけど、ちゃんとしなきゃダメ！　おにいちゃんやおねえちゃんだって、おかあさんにいつも、そういわれてるでしょ！」

「それはルディーンが、俺を無視するから……」

「えっ、ぼく、おとうさんをむしなんかしてないよ？　いまもちゃんとおはなし、してるもん」

そんないいわけをするなんて。お父さんは大人なのに、ホント困っちゃうなぁ。


ちょっとの間お話をすると、お父さんの機嫌が直ったから狩りを再開。

早速新しくなった探知魔法を使ってみると、この近くには獲物がいっぱい居るって解ったんだ。

「おとうさん、やっぱりジャイアントラットがいい？　ほかにも、とりとかウサギもいるみたいだけど」

「えっ、なぜそんなことが解るんだ、ルディーン。もしかしてそれも魔法なのか？」

「う～ん、まほうといえばまほうだけど、ちょっとちがうきもするし……」

探知魔法って、僕が勝手に魔法って呼んでるけど、なんかスキルっぽいんだよなぁ。

でも、魔力を使って探索しているんだから魔法といえないことはないし……。

「よく解らんが、とにかく魔法的な方法で解るってことか。それで、その方法では何がどこにいるかまで解るのか？」

「このスキルでさがしたことがないと、なにかまではわかんないよ。でもおおきさでジャイアントラットっぽいなぁってのはわかるし、ウサギとかいろんなとりは、いつもとってるから、だいたいわかるんだ」

僕が探知魔法でできることを教えてあげると、お父さんはなんとか解ってくれたみたい。

だからさっき調べた、今近くにどんな魔物がいるのかを教えてあげたんだよ。

するとそれを聞いたお父さんは、僕が予想してなかった答えを返してきたんだ。

「空を速く飛んでいる魔物がいるだと。なぁ、それって木にとまっているのはいないのか？」

「え？　いるよ。ぜんぶがとんでるわけじゃないもん」

「よし、ならそれを狩りに行くこう」

なんと正体不明のを狩りに行くって言い出したんだよね。

あっ、ならお父さんはもしかして、この飛んでる奴のことを知ってるのかな？

「ねぇおとうさん、そのおそらをはやくとんでるの。もしかして、なにかしってる？」

「実際に見てみないと確信は持てないが、想像している通りの魔物だとすると凄いことだぞ」

興奮気味に話すお父さん。

僕はそれを見ながら、もしかしたらものすごい魔物を見つけちゃったのかもしれないって、ちょっとドキドキしてきたんだ。

番外編　初めての魔道具作り

これは僕がまだ4歳のころのお話。

その日僕は、いつものように村の図書館に行ったんだよ。

「おじさん、こんにちわ」

「おお、よく来たね。今日はどんな本を読むのかな？」

そしたらニッコリ笑って今日は何を読むのって聞かれたから、僕はどうしようかなぁって考えたんだ。

「えっとね、まだわかんない」

「そうか、解らないか」

でもなんにも思いつかなかったから解らないって答えると、それなら図書館の中を見て回りながら選ぶといいよって言ってくれたんだ。

「ルディーン君が読める本はみんな低い位置に移動させておいたから、好きな本を選ぶといい」

「わかった！　じゃあ、さがしてくうね」

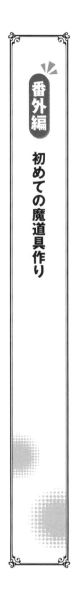

本ってとっても高いから普通の村じゃ買えないらしいんだけど、近くの森で魔物が獲れるおかげでグランリルの村はお金持ちでしょ。

だからこの図書館にはいっぱい本があるんだよね。

僕はそんな本がいっぱい並んでる中をキョロキョロしながら、なんかおもしろそうな本はないかなぁって歩き回ったんだよ。

そしたらさ、魔法の本が置いてあるとこの近くで、初めて見る新しい本を発見したんだ。

「これ、なんだろ？」

そう思いながら取り出した僕は、その本の表紙を見てすっごくびっくりしたんだよ。

だってさ、そこには魔道具の作り方って書いてあったんだもん。

「まどうぐって、まほうのどうぐのことだよね」

グランリルの村にもお風呂を沸かすのとかがあるから、僕だって魔道具がこの世界にあるのは知ってたんだよ。

でもまさかその作り方の本まで村の図書館にあるなんて思わなかったんだよね。

「これよんだら、ぼくでもつくれうのかな？」

さっき司書のおじさんは、僕が読める本は下の方に置いといたって言ってたでしょ。

この本は、棚の下の方に置いてあったもん。

ならきっと読める本だよねって思った僕は、それを持っていつもの場所に座るとワクワクしながらその表紙を開いたんだ。

「あっ、これほんとにまどうぐをつくうほんだ！」

この本は子供の読むものだから薄かったし、そんなにいろんなことは書いてなかったんだよ。

でも魔道具の説明と一緒に絵がいっぱい描いてあって、とっても読みやすかったんだ。

「あっ、つくりかたまでかいてあう！」

そして一番最後にはなんと、ただ羽根が回るだけの、でも子供の僕にもできそうな簡単な魔道具の作り方が書いてあったんだよね。

それを読んだ僕は大興奮！

本をぱたんと閉じると椅子から飛び降りて、それを持って司書のおじさんのとこに走っていったんだ。

「おじさん。このほん、おうちにもってっていい？」

「ん、貸出か？　この村じゃ本を読むのなんてほとんどいないから別にいいけど、汚したり無くしたりしてはダメだぞ」

「うん、わかった！　ありがとう、おじさん」

おじさんにありがとうとさようならをすると、僕は本を大事に両手で抱えながら、お家へと走っていったんだ。

「おかあさん、どこ？」

お家に帰った僕は、すぐにお母さんを探したんだよ。

そしたら庭でキャリーナ姉ちゃんと一緒に洗濯物を干してたんだ。

「あら、ルディーン。お帰りなさい。早かったのね」

「おかあさん。ませきちょうだい」

「ませき？　ルディーン。それでなにするの？　なんかおもしろいこと？」

だから僕、お母さんに魔石を頂戴って言ったんだよ。

そしたらキャリーナ姉ちゃんが何に使うのって聞いてきたもんだから、大事に抱えてた本を前に出して二人に見せてあげたんだ。

「これにつかうんだよ」

「これ？」

なのに二人とも、頭をこてんって倒したまま動かないんだもん。

だからどうしたのかなぁって、僕も頭をこてんって倒したんだ。

「どうしたの？」

「ごめんなさいね。私は字を読むのがあまり得意じゃないのよ」

そういえばお母さん、計算はできるけど本とかは読めないんだっけ。

それにキャリーナ姉ちゃんも前に読めないって言ってたもん。

教えてあげないとダメだよね。

「あのね、まどうぐのつくりかたってかいてあうんだよ」

「ルディーン、まどうぐつくるの？　すご～い！」

僕が魔道具の本だよって教えてあげると、それを聞いたキャリーナ姉ちゃんはすごいすごいって大騒ぎ。

でもお母さんは不思議そうなお顔で、ほんとにそんなものを作れるの？　って聞いてきたんだ。

「大丈夫なの？　危なく無い？」

「うん。はねがまわうだけだから、あぶなくないよ」

僕はそう言うと、お母さんに作り方が書いてあるところを開いて見せてあげたんだ。

この本は子供用だから、字だけじゃなくて絵も一緒に描いてあるでしょ。

だからお母さんも、それを見て安心したみたい。

「これなら大丈夫そうね。魔石はホーンラビットのでいい？」

「うん、だいじょうぶ！」

「ルディーン、わたしも！　わたしもいっしょがいい」

「うん、いいよ！　いっしょにつくろ」

無事に魔石を手に入れた僕はお母さんたちと一緒に、三人で魔道具を作ることにしたんだ。

「へぇ。魔道具って思ったより簡単に作れるのね」

何が書いてあるのかを読んであげたら、お母さんはすぐに解ってくれたみたい。

「でもこれ、魔石だけじゃなく魔道リキッドもいるんじゃないの？」

「あっ、ほんとだ」

他にも回す羽根やそれをくっつける木の串、それに土台になる木とかもいるんだよね。

だから、まずはそれの準備。

「他のものは家にあるけど、羽根はどうしようかしら」

「それなら、わたしがもってるよ」

キャリーナ姉ちゃんはね、きれいな鳥の羽根を見つけると拾ってくるからいっぱい持ってるんだって。

だからそれを持って来て、僕にはいって渡してくれたんだ。

「それじゃあ、他のものは私が持って来るわね」

「うん！」

他の材料もみんなお家にあったから、お母さんがすぐに持って来てくれたんだよね。

ってことで、さっそく魔道具作り。

「おかあさん、あなあけて」

「おかあさん、これくっつけて」

「はいはい」

でも、僕やキャリーナ姉ちゃんは板に穴をあけたり、串に羽根をくっつけたりできないでしょ。

だからほとんどをお母さんにやってもらうことになっちゃったんだ。

「ルディーン、わたしたちがやること、あんまりないね」

「うん」

だから僕、ちょっとだけしょんぼりしてたんだよ。

でもね、そんな僕にもできることがあったんだ。

「ルディーン。これって魔力って文字よね。何が書いてあるの？」

「どこ？　あっ、そっか。まだやることがあった」

お母さんが聞いてきたのは、羽根と魔石をくっつけて回るようにするとこの説明なんだよ。

そういえば魔道リキッドで線を書くのは誰でもできるけど、魔石とつなぐときは魔力を通さないとダメなんだっけ。

それに羽根を回すのにいる記号。

これなら僕やキャリーナ姉ちゃんにも描けるんだよね。

「ルディーン。わたしたちもなんかやることあるの？」

「うん。ここに、えがかいてあるでしょ？　おねえちゃんはここにこれかいて」

キャリーナ姉ちゃんの方が僕よりおっきいから、絵を描くのも上手でしょ。

だからそれはお姉ちゃんにお任せ。

僕はその間に魔石を置くとこと、羽根の付いた串を魔道リキッドの線でつないだんだ。

僕とキャリーナ姉ちゃんのお絵かきが終わったところで、魔道具はほぼ完成。

「ルディーン、これでできたの？」

「うん。このませきをおけば、ここがまわうよ」

僕はそう言うと、米粒くらいのちっちゃな魔石を本に書かれてる通り置いてみたんだ。

「ルディーン、まわらないよ」

「あれ、なんでだろう？」

でもね、なんでか知らないけど羽根は全然動かなかったんだ。

だから僕とお姉ちゃんは二人で頭をこてんって倒してたんだけど、そこでお母さんがこんなこと言ったんだよね。

「ねぇ、ルディーン。この作業って、さっき私がなんて書いてあるのって聞いたところよね？」

「あっ、そっか！　まりょくだ」

そういえば魔石と魔道具をつなぐときって、魔力を通さないとダメなんだっけ。

お母さんのおかげで思い出した僕は、すぐに魔石に触って魔力を通したんだ。

「あっ、まわった！　ルディーン、まわったよ」

「ほんとだ、やったぁ！」

そしたら無事羽根が回りだして、僕とキャリーナ姉ちゃんは大喜び。

「ルディーン、こんどはわたしがやる」

「うん、いいよ」

魔石を置くたびに、くるくると回りだすきれいな鳥の羽根。

それがすっごく楽しくて、僕とキャリーナ姉ちゃんはけらけら笑いながら、夜ご飯の時間までずっと繰り返したんだ。

あとがき

『転生したけど0レベル』を手に取ってくださり、本当にありがとうございます。

はじめまして。著者の杉田もあいです。


本作は、転生ものにもかかわらず、前世の人格との融合も乗っ取りも行われず、主人公のルディーン君が幼い子供のまま物語が進むという変わったお話です。

この話を書き始めた平成30年といえば、転生ものといえば主人公がチート能力を手に入れて無双をする物語全盛の時代。

正直、ほのぼのとした話は多分読まれないだろうなぁと思いながら書いていました。

ではなぜ書き始めたのかというと、それは某所で書いていた二次小説がかなり酷評されたからです。

原作となった作品がダークファンタジーだったにもかかわらず、作者が私なので当然今作のような雰囲気の二次小説になっていました。

そのせいか、評価は低いし、感想欄も荒れ放題。中でも特に私の目を引いたのは、こんなものが書きたいならオリジナルでやれというものです。

そんな作品でも読者様はいたので完結まで書きあげたのですが、終盤になってもこのオリジナルでやれというのが頭から離れなかったんですよね。

ですがオリジナルなど一度も書いたことがなかったので、とりあえずウィンドウズのメモ帳に書き溜めていきました。

そして二次小説が完結まぢかになったところで初めから読み返して加筆修正、「小説家になろう」に投稿したというわけです。

時代の流行りから考えると、とても受けるとは思えませんから最初はそんなに長く続けるつもりはなかったのです。

ですが徐々にブックマークが増えていき、二次では散々だった評価もかなり良かったため、もしかしたらいけるのかもと勘違い。

書き続けながら色々な賞に応募するも、受賞どころか予選を通ったのも一度だけ。

もう書籍化は無理だろうと判断し、後は趣味でルディーン君の生活を書き続けようと考えていたところでなんとアース・スター様からお声がかかり、書籍化して頂けることになりました。

それだけでもこの上ないほど幸せなのに、イラストを担当して下さった高瀬コウ様がキャラクター達をとても可愛くデザインし、最高のイラストにして頂けたのです。

本当に感謝しかありません。

改めまして、アース・スターの皆さま、イラストを担当して下さった高瀬コウ様、そして本作を読んでくださった皆さま、本当にありがとうございます。

これからもルディーン君の物語を、末永く楽しんでいただけたら幸いです。

杉田もあい

転生したけど0レベル①
～チートがもらえなかったちびっ子は、それでも頑張ります～

発行 ―― 2024年3月15日　初版第1刷発行

著者 ―― 杉田もあい

イラストレーター ―― 高瀬コウ

装丁デザイン ―― AFTERGLOW

発行者 ―― 幕内和博

編集 ―― 結城智史

発行所 ―― 株式会社アース・スター エンターテイメント
〒141-0021　東京都品川区上大崎3-1-1
目黒セントラルスクエア　7F
TEL：03-5561-7630
FAX：03-5561-7632

印刷・製本 ―― 中央精版印刷株式会社

ISBN 978-4-8030-1926-1